CHARIVARI

NANCY MITFORD

CHARIVARI

Préface de Charlotte MOSLEY

Traduit de l'anglais
par Anne DAMOUR

CHRISTIAN BOURGOIS ÉDITEUR ◊

Titre original :
Wigs on the Green

ISBN 978-2-267-02138-7

À Peter

Cet homme est par nature un bouffon et que son travail le plus accompli soit le résultat d'une farce est une théorie que les joyeux oisifs trouveront très réconfortante.

A. F. WEDGWOOD

Préface

Publié pour la première fois en 1935, *Charivari* est le troisième roman de Nancy Mitford. Comme les précédents, il s'agit d'une comédie de mœurs légère et raffinée, aux conventions wodehousiennes, avec héritière fortunée, amants rivaux, tante à héritage, fiançailles rompues, identités d'emprunt et happy end. Mais au contraire de ses autres ouvrages, *Charivari* n'a jamais été réimprimé du vivant de l'auteur[1]. Au cours des trois années qui suivirent la publication de son deuxième livre, *Christmas Pudding*, son propre univers et le monde alentour étaient devenus des lieux moins frivoles. Hitler détenait le pouvoir absolu en Allemagne et deux des sœurs de Nancy, Diana et Unity, avaient assisté à un rassemblement nazi à Nuremberg et étaient devenues ses admiratrices ferventes. Lorsque l'éditeur de Nancy lui demanda l'autorisation de rééditer le roman en 1951, elle refusa. « Il y a eu trop de drames pour que des plaisanteries sur les nazis puissent paraître drôles ou n'être autre

1. Seule édition d'après guerre, un livre de poche publié aux États-Unis en 1976 réunissait en un volume *Wigs on the Green* et le premier roman de Nancy, *Highland Fling* (1931).

chose qu'une manifestation du pire mauvais goût, écrivit-elle à Evelyn Waugh, il n'en est donc pas question. »

Dans tous ses livres, Nancy Mitford s'est librement inspirée de sa famille et de ses amis, et *Charivari*, en dépit du démenti initial prétendant que tous ses personnages sont purement imaginaires, est largement autobiographique. Le Capitaine Jack, le chef des Union Jackshirts (un précurseur du dictateur comique de P. G. Wodehouse, Roderick Spode, chef des Black Shorts), est calqué sur l'amant et futur mari de Diana, sir Oswald Mosley, le fondateur de l'Union des fascistes britanniques. Eugenia Malmains, héritière rebelle et soutien des Union Jackshirts, est le portrait à peine déguisé de Unity, qui partit s'installer à Munich en 1934 pour y apprendre l'allemand et satisfaire son désir de rencontrer Hitler. Que Nancy se soit opposée à la réimpression – six ans à peine après la guerre – d'un livre qui se moquait ouvertement du fascisme et ridiculisait Hitler est compréhensible, mais ce n'était pas l'unique raison de son refus.

Les deux premiers romans de Nancy l'avaient cataloguée comme un auteur de romans légers, spécialiste des cocktail parties / maisons de week-end / potins mondains. *The Times Literary Supplement* avait vanté la « gaieté contagieuse » de *Highland Fling*, et loué *Christmas Pudding*, capable de « faire rire le lecteur du début à la fin », mais le même journal avait publié une critique peu flatteuse de *Charivari*, le qualifiant d'histoire peu crédible, dont l'humour était « trop appuyé pour atteindre le but recherché ». Nancy était sans illusion sur la qualité de ses romans d'avant guerre (« *Christmas Pudding* est pitoyable, mal écrit, de mauvais goût, *affreux* », écrivait-elle à Evelyn Waugh – non sans exagération), mais elle reconnaissait aussi qu'ils avaient une valeur de témoignage sur l'époque, étaient très distrayants et parfois même extrêmement drôles. Ce n'était pas par amour-propre d'auteur qu'elle s'était opposée à la réédition de *Charivari*. La raison essentielle de son refus, à part les plaisanteries concernant les nazis, était due aux réactions furieuses que le livre avait déclenchées au sein de la famille Mitford. Unity avait menacé de ne plus jamais lui parler et Diana, qui avait récemment divorcé de son premier mari pour épouser Mosley, devait pratiquement rompre toute relation jusqu'à la fin de la guerre. À cela s'ajoutait, très certainement, le refus de Nancy de raviver le souvenir de la tentative de suicide de Unity en 1939 et de sa mort en 1948.

D'esprit moqueur, Nancy avait tendance à ne rien prendre au sérieux, pas plus la politique que le reste. Sa manière d'aborder l'existence était de tout considérer, tout au moins superficiellement, comme une énorme plaisanterie. Aînée des six filles Mitford, elle avait transmis cette attitude à ses sœurs et l'atmosphère familiale en était imprégnée. L'ardeur avec laquelle Diana, Unity et la cinquième sœur, Jessica – future communiste – avaient embrassé des opinions politiques extrêmes battait en brèche une règle implicite de la famille Mitford selon laquelle rien n'était si important dans la vie que l'on ne puisse s'en moquer. Nancy montrait aussi une méfiance instinctive envers les idéologies. « Il n'y a pas l'épaisseur d'une feuille de papier à cigarette entre les nazis et les bolchos, si on est juif on préfère les uns et si on est aristocrate les autres, c'est toute la différence que j'y vois. Des *enragés* », écrivit-elle à un ami de la famille au début de la guerre. La politique pour Nancy se réduisait à une question de personnalités : seuls comptaient les gens, pas les idées. Quand elle abandonna la fiction pour se tourner vers l'histoire de la France, des historiens l'accusèrent de mettre une fois de plus en scène des épisodes de la vie de la famille Mitford. « C'est la vérité, écrivit-elle à Jessica. L'histoire est toujours subjective et les livres qui nous font mourir d'ennui sont souvent des descriptions de la vie privée de quelques mornes vieux professeurs. »

En dépit des allusions à la vie politique de l'époque, *Charivari* est avant tout une étude en profondeur de l'amour et du mariage – des thèmes auxquels Nancy revient dans tous ses livres – et est dédié à son mari, Peter Rodd, le fils rebelle du diplomate sir Rennell Rodd. Lorsqu'elle en commença l'écriture, au printemps de 1934, elle n'était mariée à Peter que depuis quelques mois ; suffisamment longtemps, toutefois, pour adopter un point de vue désenchanté sur le mariage. « C'est courir un risque effroyable. Autant miser tout ton argent sur un cheval et mettre aussitôt un terme à tes problèmes », déclare Jasper Aspect, personnage sans scrupule du roman, amateur de femmes et grand buveur, largement inspiré de Peter et, à un moindre degré, de Basil Murray, son contemporain à Oxford. (Les deux canailles avaient déjà servi de modèle à Evelyn Waugh pour Basil Seal, l'antihéros amoral de *Diablerie*.) Nancy et Peter se marièrent à la hâte, dans un tourbillon euphorique. Peter allait avoir trente ans et semblait considérer l'état matrimonial comme un dernier recours, n'ayant connu par ailleurs que des échecs. Il aimait certainement Nancy à sa manière, mais il la traitait, comme toutes ses femmes, avec égoïsme, et se vantait auprès de ses amis d'avoir fait de nombreuses propositions de mariage mais qu'elle avait été la seule « suffisamment stupide » pour avoir accepté. À vingt-neuf ans – un âge où dans les années trente une femme célibataire n'était pas loin d'être regardée comme une vieille fille – Nancy se remettait à peine d'une aventure sentimentale qui avait duré quatre ans avec Hamish Erskine, un ami homosexuel de son frère, et elle succomba au charme insolent du blond Peter.

Éternelle romantique malgré son humour impitoyable, Nancy se persuada qu'elle était amoureuse et, refusant de voir le véritable caractère de Peter durant les six mois de leurs fiançailles, écrivit à une amie qu'elle vivait dans « le brouillard d'un bonheur fou », incitant tout le monde à se marier si l'on cherchait la recette de l'« extase absolue ». Le *post-scriptum* de sa lettre : « Je t'en prie, pardonne-moi ces élans délirants », laisse peut-être entendre qu'elle se rendait compte au fond d'elle-même que son mariage avec Peter était de la folie. À leur retour de lune de miel, leur idylle battait de l'aile. Ils s'installèrent alors dans une petite maison du Strand-on-the-Green, à Chiswick, vivant chichement des pensions de leurs familles respectives et des maigres revenus que Nancy tirait de ses écrits.

Nancy avait été élevée à une époque où le mariage était pratiquement la seule issue offerte à une femme de son milieu. Un mariage devait être sauvegardé à tout prix et une femme obéir à son mari. L'exemple des parents Mitford, lord et lady Redesdale, avait profondément marqué leurs enfants. Dans *Charivari*, Nancy jette un regard désabusé mais lucide sur son infortune. « Ces vagues élans romantiques ne sont bénéfiques à personne, et encore moins à toi », fait sèchement remarquer Poppy St Julien à lady Marjorie Merrith, qui a rompu ses fiançailles avec le duc de Dartford parce qu'elle ne l'aime pas. « Il y a des moments, vieux frère, assure Jasper Aspect au coureur de dot Noel Hunter, où l'amour doit occuper la place qui est la sienne, celle d'une émotion antisociale et moralement contestable. » Nancy essaie, sans toujours convaincre mais sans la moindre amertume, de refouler sa désillusion et de se concentrer sur sa vie de femme mariée. Quand Jasper critique la « délicieuse enfant » qui aime avoir le matin de longues conversations intimes au téléphone, Nancy se moque de son propre penchant pour le bavardage, sa forme préférée de familiarité. Il y a presque une nuance d'admiration dans ses allusions à l'irresponsabilité financière de Peter. « Les épouses ne sont pas censées entretenir leur mari », dit Poppy. « Je n'ai jamais pu comprendre pourquoi. Cela paraît tellement déloyal », réplique Jasper. Quand Poppy fait remarquer que c'est le moins que les hommes puissent faire alors que les femmes supportent tous les tracas de la grossesse, Jasper répond : « Eh bien, nous les garçons, nous avons la gueule de bois, pas vrai ? C'est plus ou moins pareil en fin de compte. »

Si nous ignorons la réaction de Peter au portrait de panier percé et de mufle – néanmoins séduisant – que sa femme brossa de lui, celle de Diana et de Unity à la satire de Nancy est notoire. Diana avait rencontré Oswald Mosley au début de 1932. Elle avait vingt et un ans et était alors mariée depuis trois ans à Bryan Guinness, l'un des héritiers de la famille de brasseurs. Mosley, conservateur, indépendant, puis brièvement député travailliste, avait renoncé aux courants classiques de la politique et se préparait à lancer l'Union des fascistes britanniques. Convaincu que le système de gouvernement existant ne pouvait faire face aux graves problèmes économiques et sociaux provoqués par la Grande Dépression, il pensait qu'un mouvement, organisé selon un modèle paramilitaire, était nécessaire pour contrôler l'économie et combattre l'incessante progression du communisme. Imposant à ses partisans le port d'un uniforme, prenant pour modèle la forme de fascisme prônée par Mussolini, Mosley avait aux yeux de Diana toutes les réponses aux malheurs de l'Angleterre. En dépit du fait qu'il était marié et amateur notoire de femmes, elle tomba follement amoureuse de lui. À la fin de l'année elle avait demandé à Bryan de divorcer et était revenue s'installer chez elle à Eaton Square. Quand Mosley se retrouva veuf, en 1933, Diana devint sa *maîtresse en titre** [1] avant de l'épouser trois ans plus tard. Son adhésion aux idées de Mosley fut immédiate et dura toute sa vie ; telle une tigresse défendant ses petits, elle volait au secours de son bien-aimé à la moindre attaque.

Au début, Nancy avait cru que *Charivari* amuserait Diana, qui n'avait pas paru prêter attention à une caricature de Mosley dans « The Old Ladies »,

1. Les mots en italique suivis d'un astérisque sont en français dans le texte.

un roman jamais publié qu'elle avait écrit en 1933 et dans lequel le « Little Leader », le « Petit Chef », était présenté comme un personnage ridicule qui rendait visite aux vieilles dames « armé seulement de deux revolvers, d'un couteau de chasse et d'une barre de chocolat laxatif ». Le premier indice des ennuis qu'allait déclencher *Charivari* apparut alors que Nancy en avait déjà rédigé plus de la moitié. En novembre 1934, Mosley gagna un procès en diffamation contre le *Daily News* pour un article publié dans le *Star* et obtint cinq mille livres de dommages et intérêts. Peter Rodd craignit de le voir poursuivre Nancy, qui n'avait pas les moyens de faire face aux frais d'un procès, et avait désespérément besoin des droits de son livre. Nancy écrivit rapidement une lettre destinée à calmer Diana, l'autorisant à corriger le roman avant publication et l'assurant que, s'il contenait « une ou deux plaisanteries », il s'agissait néanmoins d'un livre profasciste. Ces propos n'apaisèrent pas Diana. L'Union des fascistes britanniques perdait des partisans. Ses prises de position militaristes et antisémites la desservaient aux yeux du public et son image avait été sérieusement écornée à la suite des violences qui avaient éclaté entre les Blackshirts et des groupes antifascistes durant le tristement célèbre rassemblement de l'Olympia en juin 1934. La seule pensée que sa sœur puisse de quelque manière que ce soit entamer la réputation de Mosley mettait Diana hors d'elle. Nancy refusa de renoncer à écrire son roman mais accepta d'éliminer presque tous les passages qui concernaient directement le Capitaine Jack – trois chapitres au total. Peu de temps avant la publication elle fit parvenir à

Diana une nouvelle lettre destinée à l'amadouer, tentant de justifier sa position. « Franchement, si j'avais pensé qu'il pouvait ralentir l'action du Leader ne serait-ce qu'une demi-heure, je l'aurais mis au rebut, voire jamais écrit... Je maintiens toujours qu'il est beaucoup plus favorable au fascisme que le contraire. Le personnage de loin le plus sympathique du livre est fasciste, les autres le deviennent dès qu'ils sont inscrits au mouvement. Mais je connais aussi ton point de vue, selon lequel le fascisme est un sujet trop sérieux pour qu'on en fasse même mention dans un livre drôle. Est-ce une attitude bien raisonnable ? »

Cette lettre ne suffit pas à calmer Diana. Elle tint Nancy à l'écart pendant plusieurs années et ne l'invita pas une seule fois à Wootton Lodge, la maison du Staffordshire où les Mosley vécurent entre 1936 et 1940. Lorsque Diana fut incarcérée pendant trois ans et demi à Holloway durant la guerre – en vertu de la Defence Regulation 18B, qui autorisait le gouvernement à détenir sans inculpation quiconque était soupçonné de sympathies pronazies – le nombre de ses lettres et de ses visiteurs fut restreint. Nancy lui écrivit une demi-douzaine de fois et lui rendit visite, mais leurs relations ne commencèrent à s'améliorer que lorsque les Mosley furent libérés et que Nancy vint s'installer chez eux pour terminer *La Poursuite de l'amour*. Les deux sœurs ne firent plus jamais allusion à *Charivari* dans leur volumineuse correspondance, pas plus qu'elles ne discutèrent de politique ou de la guerre – sujets qui auraient compromis leur réconciliation. Ce n'est qu'après la mort de Nancy que Diana découvrit qu'elle l'avait dénoncée en 1940 au Foreign Office comme un « personnage beaucoup plus dangereux » que Mosley et avait insisté pour qu'elle soit emprisonnée. Mais elle ne sut jamais que Nancy s'était opposée à sa libération en 1943, affirmant qu'elle était « follement ambitieuse, une égotiste impitoyable et retorse, fasciste fervente et admiratrice de Hitler ». L'aurait-elle su que leur réconciliation eût été impossible.

En outre, Diana ne pouvait qu'être irritée par les allusions déplaisantes au divorce qui parsèment *Charivari*. La grand-mère d'Eugenia Malmains, lady Chalford – inspirée par lady Redesdale –, proclame que la mort de son fils à la veille de l'Armistice est un événement moins funeste que son divorce, et considère avec horreur le « sang pollué » de l'adultère qui coule dans les veines d'Eugenia. Nancy n'avait pas approuvé que Diana quitte Bryan mais elle l'avait soutenue dans sa décision. Les Redesdale, de leur côté, avaient été atterrés, en particulier par le fait que c'était Diana qui avait demandé le divorce pour cause d'adultère. À l'époque, il était habituel qu'un homme joue le rôle du « coupable » et s'arrange pour être surpris dans un hôtel du bord de mer avec une prostituée, mais les parents de Diana jugeaient ce procédé incorrect et avaient été profondément choqués que leur fille puisse y avoir recours.

La réaction de Diana à la publication de *Charivari* affecta non seulement les relations des deux sœurs, mais mit fin aux penchants de Nancy et de Peter pour le fascisme. « J'espère, écrivit Unity à Diana en novembre 1934, que ce porc absolu, Peter, a annoncé sa démission *publiquement*. » Adepte de la doctrine socialiste, Nancy avait adhéré à l'Union des fascistes britanniques peu après son mariage, en partie parce que Peter s'était rallié au mouvement et en partie, sans doute, pour soutenir Diana. Les deux sœurs étaient devenues très proches au cours de l'année qui avait précédé le mariage de Nancy. Diana lui avait prêté une chambre à Eaton Square et elles avaient passé de longs moments ensemble. Nancy et Peter avaient assisté à la réunion de l'Olympia et Diana avait sans doute espéré qu'ils s'étaient réellement convertis à la cause de Mosley. Nancy n'avait jamais aimé Mosley – Monsieur l'Ogre – et elle éprouvait une aversion instinctive pour la violence implicite de ses méthodes, même si elle avait défendu sa politique au début. En réalité certains points de vue des fascistes trouvaient un écho chez elle. Evelyn Waugh lui rappela des années plus tard qu'ils s'étaient disputés après qu'elle eut assisté à une réunion de l'UFB à l'Albert Hall. « Vraiment ? avait répliqué Nancy. J'avais complètement oublié. Je me souviens que Prod [Peter] était superbe dans sa chemise noire. Mais nous étions jeunes et pleins d'enthousiasme alors et nous ne savions rien de Buchenwald. » Nancy partageait la conviction des fascistes que la civilisation occidentale se délitait et appelait un changement en profondeur, mais alors que la vision millénariste de l'UFB était celle d'une Grande-Bretagne brillante et rénovée, elle penchait avec nostalgie vers un passé disparu, où une aristocratie soucieuse du bien public vivait encore sur ses terres et où le pays était dirigé par des « hommes de bon sens et fortunés » – un point de vue élitiste que l'on retrouve tout au long de ses écrits.

Même sincère, Nancy ne se prenait pas complètement au sérieux. En juillet 1934 elle rédigea un article, « Le fascisme comme je le vois », destiné au *Vanguard,* un journal dont le directeur, Alexander Ratcliff, était le fondateur anticatholique et antisémite de la Ligue protestante écossaise. C'est un texte curieux, qui est en fait une version légèrement édulcorée de l'hymne au fascisme qu'Eugenia entonne du haut d'une baignoire renversée au début de *Charivari.* On ignore si Nancy a d'abord écrit l'article avant de se rendre compte qu'elle tenait là le matériau d'un roman ou si elle avait déjà commencé le livre et en a fort à propos tiré le discours du *Vanguard.* On ne sait pas non plus pourquoi elle a accepté de l'écrire pour ce magazine ; c'était à *Vogue* et à *The Lady* qu'elle collaborait d'habitude. L'article débute assez sérieusement en expliquant que le fascisme est un état d'esprit que les représentants de la vieille école ne peuvent pas plus comprendre que les tenants de l'art figuratif ne peuvent comprendre Picasso. Il continue, avec une emphase croissante, en dénigrant la turpitude morale d'une époque où « le respect des parents, l'amour du foyer, la vénération des liens du mariage » sont bafoués et où l'allégeance à un « chef juste et valeureux » est seule capable de tirer le pays « de l'abîme de découragement dans lequel il se morfond depuis trop longtemps ». Il se termine sur une note de pure forfanterie – comme la péroraison d'Eugenia – par une description de vieux politiciens rampant dans les couloirs de Westminster telles des tortues desséchées « se réchauffant les uns les autres au soleil artificiel de leur approbation réciproque », avant que le Chef ne leur ordonne de choisir entre « l'ignominie et une mort romaine ».

L'article fut pris au sérieux par le communiste Edgell Rickword, le fondateur de la *Left Review*, qui le décrivit comme « un exemple parfaitement argumenté du culte de la personnalité ». Mais Unity ne s'y trompa guère et comprit que Nancy parodiait un Mosley habité par le prosélytisme. « Je suis furieuse, écrivit-elle à Nancy. Tu aurais pu te soucier un tant soit peu de ma pauvre personne, tu te doutes bien que tous les garçons savent que tu es ma sœur. » Dans la même lettre elle la met en garde au sujet de *Charivari*. « Maintenant parlons sérieusement de ce livre. J'ai entendu certains commentaires de Muv [lady Redesdale], et je te préviens qu'il est hors de question que tu le publies, dans ces conditions tu ferais mieux de ne pas y consacrer davantage de ton temps. Parce que, si tu le publiais, il se pourrait que je ne t'adresse plus jamais la parole. »

La réaction de Unity à la lecture du roman ne nous est pas connue. Peu après sa publication, elle avoua à Diana qu'elle n'avait pas encore lu le livre mais que Nancy lui avait écrit pour lui assurer qu'elle n'y trouverait rien à redire, qu'en fait elle allait certainement l'aimer, ajoutant : « elle [Nancy] a des idées bizarres ». Il est possible qu'après l'avoir lu Unity ait trouvé son personnage de superbe déesse blonde suffisamment flatteur pour estomper la causticité de Nancy. Quelques lettres entre les deux sœurs échangées après la publication affichent le même ton léger qu'auparavant ; Nancy y traite affectueusement sa sœur de « tête de bois et cœur de pierre » et se moque d'elle avec un poème de mirliton en allemand.

Au moment où Nancy écrivait *Charivari*, Unity n'avait pas encore rencontré Hitler, dont la politique ne s'était pas déjà traduite par un génocide systématique, et il était encore possible – en s'aveuglant sur la vraie nature du régime – de croire que le national-socialisme pourrait régénérer l'Allemagne et instaurer une ère de paix en Europe. Unity était une jeune fille impressionnable de dix-neuf ans quand elle accompagna Diana en 1933 au Parteitag de Nuremberg et succomba à l'appel du nazisme ; elle en avait vingt-cinq quand la Grande-Bretagne déclara la guerre à l'Allemagne. Incapable de supporter le conflit entre ces deux pays qu'elle aimait, elle se rendit dans un jardin public de Munich et se tira une balle dans la tête. La balle ne la tua pas mais provoqua des lésions cérébrales et elle mourut d'une méningite neuf ans plus tard. Durant les cinq années qu'elle passa en Allemagne, Unity rencontra personnellement Hitler et épousa avec enthousiasme la cause nazie, y compris dans ses aspects les plus violemment antisémites. Le nazisme, comme elle l'écrivait à une cousine, « est ma religion, pas seulement mon parti politique ».

Le côté sombre du caractère de Unity saute immédiatement aux yeux : sans pitié, naïf, m'as-tu-vu, mêlé à un goût de la violence et au désir de choquer, avec pour résultat une extrême cécité morale. Il est plus difficile de comprendre l'attachement que lui vouaient ceux à qui elle était chère, comme sa famille et ses amis, si opposés qu'ils aient été à ses idées politiques. Les liens qui unissaient les sœurs Mitford étaient solides mais n'empêchèrent pas Jessica de rejeter Diana quand la politique les sépara ; pourtant elle ne rompit jamais avec Unity, en dépit de leurs opinions devenues diamétralement opposées. « Alors qu'y avait-il de si attachant chez elle ? écrivit Jessica au biographe de Unity, et pourquoi éprouvais-je une telle adoration pour elle, ce qui est la pure vérité... Il y a une dimension, ou une facette de sa personnalité, qui est absente de votre livre ; mais quoi exactement ?... En fait, elle était tellement *uge and obdegegjoinable*[1], une telle caricature, en partie créée par Nancy dans *Charivari* – qu'elle [Unity] se rendit compte qu'elle était tournée en ridicule. » Diana la disait « intelligente et affectueuse » et racontait que son enterrement avait été le jour le plus triste de sa vie. Pour Deborah, la plus jeune des sœurs, elle était « drôle, loyale et courageuse ». Lady Redesdale, qui assuma la tâche éprouvante de prendre soin de sa fille après sa tentative de suicide, écrivit après sa mort : « Je la regretterai éternellement, c'était un être rare. »

Dans *Charivari*, l'énigme que représentait Unity est vue à travers le prisme subjectif de sa sœur aînée. Nancy trace un portrait caricatural d'une jeune femme haute en couleur, peu instruite, surprotégée et obstinée, qui entre en politique pour combler le vide d'une vie d'ennui. Elle est séduite par les aspects juvéniles du mouvement Union Jackshirt – l'appartenance à un groupe, l'uniforme, la vénération du

1. « Énorme et infernale », en boudledidge, sorte de langage secret semblable au javanais dans lequel Unity et Jessica communiquaient lorsqu'elles étaient enfants. [On pourrait traduire littéralement par « *evanorvame* et *invafervanale* ». (*N.d.T.)*]

Chef ; de même que le contenu émotionnel du fascisme captivait les jeunes des années trente. Lorsque des gamines comme Eugenia s'entichent de quelque chose, déclare un des personnages, vous pouvez parier qu'il s'agit d'une absurdité. Nancy, comme beaucoup d'autres à cette époque, sous-estimait les conséquences fatales de cette absurdité.

Ce roman est une tentative de la part de Nancy pour comprendre un phénomène qui allait déchirer l'Europe et sa famille. Si vous y ajoutez quelques traits d'humour mitfordiens (et Peersmont, l'asile de fous pour pairs du royaume dérangés, une de ses meilleures inventions), il devient un livre fascinant. Bien que ses réticences à l'idée de le voir réédité il y a trois quarts de siècle soient justifiées, les admirateurs de Nancy et tous ceux qu'intrigue un fragment particulier de l'histoire du vingtième siècle accueilleront aujourd'hui sa réapparition avec plaisir.

Charlotte Mosley

CHARIVARI

1

« Non, dit Noel Foster, je regrette, pas assez séduisante. »

Il prononça ces mots d'un ton inhabituellement ferme et définitif et raccrocha le téléphone avec une détermination rare chez lui. Il s'inclina en arrière dans son fauteuil. C'est la dernière fois, pensa-t-il. Jamais plus, sauf peut-être s'agissant d'une des héritières qu'il entendait désormais poursuivre, il ne finirait une de ces interminables et ennuyeuses conversations par les mots : « Pas assez séduisante. »

Maintenant qu'il quittait son bureau pour de bon, il ne se sentait pas spécialement pressé de partir. À l'inverse des autres vendredis soir, il ne se précipita pas dans la rue ; au contraire il resta assis sans bouger et parcourut d'un regard réjoui cette pièce qui avait été sa prison pendant les deux années passées. Avec la divine certitude qu'il ne les reverrait plus, il considéra d'un air parfaitement détaché les vitraux (d'une chaude couleur ambrée, en verre bullé, semblable à du champagne) et les meubles anciens en chêne – qui offraient un décor charmant à la jolie dactylo miss Clumps, à la moins attrayante miss Brisket et à Mr Farmer, le chef de bureau. Cet aimable trio avait partagé sa cellule pendant deux ans, et il espérait sincèrement ne plus jamais revoir aucun d'entre eux. Il leur dit néanmoins au revoir avec chaleur, prit son chapeau et son parapluie, puis, riche et libre, sortit d'un pas tranquille dans la rue.

Depuis que la chance lui avait souri il n'avait pas encore eu le temps de quitter son minable logement d'Ebury Street, et il s'y rendit par habitude. Puis il téléphona à Jasper Aspect, conscient de faire une erreur de premier ordre. Les jeunes gens désargentés qui viennent d'apprendre qu'ils sont légataires d'un modeste mais appréciable héritage ne peuvent rien faire de plus stupide que de prévenir Jasper Aspect. Noel, qui avait été un intime de Jasper pendant la plus grande partie de sa vie, savait qu'il se conduisait avec une déplorable imprudence, pourtant une impulsion irrésistible le poussa vers le téléphone. S'y déroula alors la conversation suivante :

« Allô, Jasper ?

— Cher vieux frère, j'allais justement t'appeler.

— Oh, que fais-tu ce soir ?

— J'ai pensé qu'il serait extrêmement plaisant de nous offrir un petit dîner.

— Parfait. Je désirais justement te voir. Où allons-nous dîner – que penses-tu de Boulestins ? Nous pourrions nous y retrouver à huit heures ?

— Dis donc ! Tu sais que je suis fauché.

— C'est sans importance », dit Noel. Il garderait secrète sa formidable nouvelle jusqu'au moment où, disant la vérité à Jasper, il pourrait voir l'incrédulité puis l'aversion se peindre tour à tour sur son honnête visage. À nouveau Jasper affirma qu'il était dans l'impossibilité de payer, et à nouveau il fut rassuré, puis il raccrocha.

« Tout cela est extrêmement mystérieux, dit-il quand ils se retrouvèrent.

— Pourquoi ? demanda Noel.

— Eh bien, mon vieux, ce n'est pas tous les jours que l'on se fait régaler par toi, encore moins dans un endroit de luxe comme celui-ci. Pourquoi avoir choisi de m'inviter aussi fastueusement ? Cela m'intrigue au plus haut point.

— Oh, je désirais te voir. En réalité je veux te demander conseil concernant une ou deux affaires, et après tout il faut bien dîner quelque part, donc pourquoi pas ici ? » Et, cherchant son mouchoir dans sa poche, il en sortit négligemment une liasse de billets de dix livres, qu'il y remit ensuite d'un geste nonchalant.

Jasper resta impassible, contrairement à ce qu'avait espéré Noel. Il se borna à commander un deuxième champagne cocktail. Lorsqu'il eut été servi, il dit : « Bon, à la santé de la prison de Scrubs, mon vieux, j'espère que tu la trouveras confortable, tu pourras venir me voir de temps en temps quand tu sortiras, je n'ai aucune prévention à l'égard de mes amis taulards.

— Je ne comprends pas ce que tu veux dire, dit Noel froidement.

— Vraiment ? Pourtant il est évident que tu as le feu aux fesses, me semble-t-il. Et je suppose que tu désires que je t'aide à te sortir du pétrin. Maintenant, je suggère que nous partagions, moitié moitié, et décampions ensemble. Cela te convient ?

— Non.

— D'abord tu ferais mieux de me dire franchement si tu as la police aux trousses. J'ai été poursuivi par la justice à Paris, nulle part ailleurs depuis, et il n'y a rien qui me soit étranger sur le sujet.

— Mon cher vieux, dit Noel avec assurance, j'ai bien peur que tu ne sois complètement hors sujet.

— Mais tu as demandé à me voir pour me demander conseil.

— Oui, en effet, j'ai pensé que tu pourrais me mettre en rapport avec une fille riche qui accepterait de m'épouser.

— Ça, par exemple, elle est bien bonne. D'abord, si j'étais assez chanceux pour connaître de riches héritières, est-ce que tu me vois te les offrir sur un plateau ? Et puis je ne pense pas que soit née la fille qui aurait envie de t'épouser.

— Oh, foutaise, les filles sont prêtes à épouser n'importe qui. Qui plus est, je suis un garçon plutôt séduisant, tu sais.

— Pas vraiment. De toute manière, laisse-moi te dire quelque chose. Faire la cour à des héritières est une occupation extrêmement onéreuse. Tu ne m'as pas jusqu'à présent laissé entrevoir combien tu as réussi à empocher, mais je suis sûr que ce n'est pas suffisant pour financer une entreprise de ce genre. Tu n'as aucune idée de ce que coûtent ces filles, les soirées, les déjeuners, les orchidées, les week-ends à l'autre bout du continent, et ce n'est qu'un début, j'en ai fait l'expérience, je sais de quoi je parle. Je crois que le pire, continua-t-il, emporté par son sujet, ce sont les coups de téléphone tôt le matin. La délicieuse petite chérie, blottie jusqu'au cou dans des oreillers de dentelle, aime les longs bavardages confortables entre neuf et dix heures du matin, sans se rendre compte que toi, pendant ce temps, tu grelottes au milieu de l'escalier de ta propriétaire tandis qu'une vieille femme frotte le linoléum autour de tes pieds. Et tout ça pour aboutir à quoi ? Quand elle se mariera avec son prince roumain elle te demandera peut-être d'être un de ces charmants jeunes gentlemen qui conduisent les invités à leur banc à l'église. Tout cela est terriblement déprimant, crois-moi.

— Comme tu causes, dit Noel, admiratif. On croirait entendre un livre. Je me demande pourquoi tu n'en écris pas un.

— Je le ferai quand j'aurai trente ans. Personne ne devrait écrire de livre avant trente ans. J'ai horreur de la précocité. Maintenant, Noel, crache le morceau, d'où vient tout ce fric ?

— Eh bien, si tu veux vraiment le savoir, une de mes tantes est décédée. Elle m'a laissé un peu d'argent.

— Ce n'est qu'un mensonge de plus, j'imagine. Les gens que nous connaissons ne font jamais d'héritage. C'est comme voir des fantômes ou gagner à l'Irish Sweep, on ne rencontre jamais les gens à qui c'est arrivé, seulement des gens qui connaissent des gens qui. Alors combien t'a-t-elle laissé ?

— Trois mille trois cent quatorze livres.

— Répète un peu.

— Trois mille trois cent quatorze livres.

— Ai-je entendu trois mille trois cent quatorze livres ?

— Exactement.

— Tu le jures ?

— Je le jure.

— Crois-tu que ta tante était en possession de toutes ses facultés mentales quand elle a rédigé son testament ?

— Sans aucun doute.

— C'est une somme tellement bizarre. Dans ce cas, Noel, vieux frère, je te présente mes très sincères félicitations. Et que comptes-tu faire des quatorze livres ?

— Comment ça ?

— N'as-tu pas remarqué que trois mille trois cents livres roule bien mieux sous la langue sans ce ridicule petit quatorze accroché à la fin ? La somme paraît plus importante, en réalité – les quatorze gâchent un peu le tout. Et par une étrange coïncidence, quatorze livres est exactement la somme que je dois à ma logeuse.

— Oh sans blague ? dit Noel avec lassitude. Veux-tu que je te répète ce que je me suis dit lorsque le notaire m'a téléphoné au sujet de cette affaire ? Je me suis dit, pas de cadeau d'argent à aucun des amis, et j'ai l'intention de m'y tenir, aussi laisse tomber, veux-tu ?

— C'est du pur bon sens de ta part. Donc tu as l'intention d'investir tout ce petit magot à la poursuite d'héritières ?

— J'aimerais rencontrer une gentille fille et l'épouser, si c'est ce que tu veux dire.

— C'est courir un risque effroyable. Autant miser tout ton argent sur un cheval et mettre aussitôt un terme à tes problèmes.

— Je n'ai pas le moindre problème. J'ai l'intention de mener une vie confortable et luxueuse pendant les six mois qui viennent, sur la base de six mille six cent vingt-huit livres par an.

— Et par la suite, une vie maritale sur une base encore meilleure. Je dois dire que c'est une perspective tout à fait séduisante – le seul hic est que tu ne connais aucune héritière.

— Pas pour le moment. Je pensais que tu en connaîtrais peut-être.

— Passe-moi le brandy, vieux.

— Dans ce cas, dit Noel en faisant signe au serveur – l'addition s'il vous plaît –, dans ce cas je pense que n'ai plus qu'à m'en aller. Je t'ai regardé suffisamment longtemps boire ce brandy hors de prix.

— Attends un peu, dit Jasper d'une voix chagrine, laisse à un vieux copain le temps de réfléchir. Je viens d'avoir une idée – passe-moi le brandy, mon cher. » Il se servit, remplissant son verre à ras bord. « Le Jolly Roger, dit-il.

— Quel Jolly Roger ?

— C'est une auberge à Chalford où j'ai séjourné autrefois quand je déménageais à la cloche de bois. Un petit endroit charmant, une charmante petite serveuse, je m'en souviens – Minnie ou Winnie, un nom comme ça.

— Merci, je connais quantité de charmantes serveuses. Ce n'est pas ce que je cherche pour le moment. Je crois que je ferais mieux de partir.

— Et si tu me laissais terminer.

— Excuse-moi.

— À un mile environ du village de Chalford se trouve la grille d'entrée de Chalford Park, et c'est là qu'habite la plus riche héritière d'Angleterre, à ce qu'on dit – Eugenia Malmains. Je n'ai pas pu tenter ma chance car à l'époque elle n'avait pas l'âge légal ; c'était il y a quatre ans. Elle doit avoir dix-sept ans aujourd'hui. Personne ne sait rien sur elle parce qu'elle vit avec ses grands-parents qui sont timbrés – je la crois d'ailleurs assez timbrée elle-même.

— Ce n'est pas un problème. Elle ne peut pas l'être davantage que les filles que l'on rencontre à Londres. Je n'ai pas l'impression que cela vaille la peine d'approfondir la question, mais il se pourrait que j'aille passer un week-end dans ce pub – où se trouve Chalford ?

— À une dizaine de milles de Rackenbridge, c'est la gare de chemin de fer. Le meilleur train est celui de 4 h 45 qui part de Paddington.

— Eh bien, merci beaucoup, vieux frère. J'espère te revoir bientôt.

— Je l'espère aussi. Merci pour cet excellent dîner. »

Ils parlaient avec nonchalance. Ils n'étaient pourtant pas dupes quant à leurs intentions mutuelles, et Noel ne fut aucunement surpris lorsque, arrivant à Paddington le lendemain afin de prendre le train de 11 h 50 pour Rackenbridge, il trouva Jasper qui l'attendait sur le quai.

À regret il lui prêta la livre pour son billet, et d'un air morose le suivit dans le wagon-restaurant de première classe. Les jeunes gens peu fortunés qui viennent d'apprendre qu'ils sont bénéficiaires d'un gentil petit héritage devraient se garder d'appeler Jasper Aspect au téléphone.

Je ne peux m'en prendre qu'à moi-même, pensa Noel avec amertume.

2

« Réveillez-vous, fils de l'Angleterre ! Lève-toi, Lion britannique ! » criait Eugenia Malmains d'une voix perçante. Perchée sur une baignoire renversée au milieu de la pelouse communale de Chalford, elle haranguait une demi-douzaine de paysans du coin. Ses cheveux raides, coupés en frange, ses grands yeux bleu clair, sa peau mate, sa silhouette bien tournée et ses traits réguliers, combinés à une certaine exaltation dans le geste, lui donnaient des airs de Jeanne d'Arc moderne.

Elle était jambes nues, portait une jupe de lainage informe, des chaussures de tennis usées jusqu'à la corde, et arborait un sweater apparemment taillé dans un drapeau britannique. Sa taille était enserrée dans une ceinture de cuir d'où pendait un grand poignard étincelant.

Noel Foster et Jasper Aspect faisaient le tour du village en attendant qu'« ils » ouvrent. Le véritable amateur de bar, c'est connu, se contente rarement de consommer sa bière dans son hôtel où, confortablement installé, il peut la boire à n'importe quelle heure de la journée ; il attend toujours avec impatience l'instant magique où « les autres » lui seront accessibles. C'est ce qu'on appelle faire la tournée des pubs, un sport largement pratiqué par les gentlemen de la classe oisive.

Soudain leur apparut Eugenia Malmains, semblable à une déesse, debout sur sa baignoire. Ils restèrent bouche bée.

« Voilà la fille que nous cherchons, dit alors Jasper, c'est Eugenia. Je ne l'ai pas reconnue au premier abord. Je dois avouer qu'elle est devenue extrêmement belle depuis mon dernier séjour ici. Cependant, comme je te l'ai dit, il est clair qu'elle est complètement timbrée. Mais on ne peut pas tout avoir dans la vie. Tu ne vois pas d'inconvénient à ce que je tente aussi ma chance, vieux frère ?

— J'en vois beaucoup au contraire, il n'en est pas question, dit Noel d'un ton revêche, et avant tout boucle-la, je veux entendre ce qu'elle dit. »

« L'Union Jack est le parti de la jeunesse, clamait Eugenia avec passion, nous en avons assez des vieux. Nous ne voyons plus les choses de leur point de vue. Nous ne trouvons rien d'admirable à cette assemblée de vieillards bavards et corrompus qu'on appelle Parlement, qui laisse s'engluer notre vaillant Empire dans des guerres ou des traités, et abandonne l'un l'après l'autre les joyaux de la couronne, laissant s'échapper ses glorieuses colonies, sa suprématie maritime jusqu'alors incontestée, son prestige à l'étranger, sa prospérité à l'intérieur de ses frontières, tout cela à cause des vagues caprices de quelque maîtresse d'un politicien octogénaire… »

À ce moment une très vieille dame s'approcha, se faufila à travers l'assistance et se mit à tirer sur la jupe d'Eugenia. « Eugenia, mon enfant, dit-elle d'une voix chevrotante, descends de cette baignoire, je te prie, descends tout de suite, s'il te plaît. Oh, que se passera-t-il quand madame sera au courant ?

— Va-t'en, Nanny, dit Eugenia, qui, emportée par son flot oratoire, sembla à peine consciente de l'interruption. Comment est-il possible, continua-t-elle, d'éprouver la moindre loyauté envers ces lamentables vieux gâteux, comment le feu sacré du patriotisme peut-il brûler pour un pays dirigé par des nullités aussi amorphes et inexistantes ? Britanniques, je vous conjure de passer à l'action. Oh, Lion britannique, secoue les rets qui t'entravent ! » La vieille dame tira à nouveau sur la jupe d'Eugenia qui, cette fois, se retourna et hurla dans sa direction : « Fiche le camp, sale pacifiste, va-t'en, et emmène avec toi ta bande de lâches criminels. Je veux avoir la liberté de parole à mes meetings. Maintenant vas-tu partir de ton plein gré ou dois-je demander aux camarades de te mettre dehors ? Où sont mes Union Jackshirts ? » Deux grands dadais également vêtus de chemises rouge, blanc et bleu s'avancèrent, saluèrent Eugenia et, prenant chacun la gouvernante par la main, la conduisirent jusqu'à un banc à proximité, où elle resta assise, l'air attristé mais docile, pendant le reste du discours.

« Nous autres les Union Jackshirts, clama Eugenia à l'assistance, défendons notre droit à nous faire entendre sans être interrompus dans nos réunions. Que les pacifistes (et elle lança à sa Nanny un regard mauvais) tiennent leurs réunions, nous ne nous en mêlerons pas, mais s'ils essaient de semer le désordre dans les nôtres, ce sera à leurs risques et périls. Voyons, où en étais-je ? – ah oui ! Le patriotisme est une des vertus premières de l'humanité. Laissez-le s'atrophier et une grande partie de ce qui fait la valeur de l'homme périra. La preuve nous en est donnée aujourd'hui, hélas, dans notre malheureuse île ainsi que dans ces autres pays qui, comme nous, se délitent sous l'emprise d'une démocratie corrompue. Le respect des parents, l'amour du foyer, la vénération des liens du mariage sont tous dépréciés dans l'Angleterre d'aujourd'hui, la société est rongée par le vice, l'égoïsme et la paresse. Les riches ont trahi leur mission, préférant l'atmosphère fétide des bars et des boîtes de nuit à la santé de l'esprit que procure une vie utile à la campagne. Les grandes demeures d'Angleterre, l'une des caractéristiques les plus enviées du pays, restent vides – pourquoi ? Parce que les grandes familles anglaises s'agglutinent dans des appartements de luxe et dilapident leur patrimoine dans des procès pour divorce. Les pauvres ne sont pas meilleurs que les riches, ils ont appris à faire passer leur intérêt personnel avant l'État, et satisfaits du pain et des jeux que les politiciens leur dispensent, ils ne font plus aucun effort pour insuffler plus d'énergie à ce malheureux pays. »

« Cette fille est cinglée mais elle n'est pas stupide », dit Jasper.

« Mes amis, comment assurer notre salut ? Qui peut tirer ce pays de l'abîme de désespoir dans lequel il est depuis trop longtemps plongé, et le porter vers une Utopie, une société idéale que nos dirigeants corrompus n'ont jamais envisagée, même dans leurs rêves les plus fous ? Celui qui vise le plus haut atteindra le but le plus élevé, mais comment ces vieux éthyliques pourraient-ils atteindre un but quel qu'il soit ? Leurs doigts sont paralysés par la goutte – ils sont incapables de poursuivre un but, leur vue est obturée par les écailles de l'âge – ils n'ont aucune vision. Le mieux qu'ils puissent espérer est de continuer jour après jour à se traîner à l'intérieur des murs de Westminster telles de vieilles tortues ratatinées cherchant à se réchauffer au soleil artificiel de leur approbation réciproque. »

« Ce discours me plaît, dit Jasper, mon oncle est membre du Parlement. »

« Et que se passera-t-il alors, si un véritable soleil se lève, dégageant une chaleur qui réduira en cendres ceux qui n'ont plus ni foi ni loyauté ? Que se passera-t-il si un véritable Capitaine, un homme, non une tortue, apparaît au chevet de leur lit adultère, une tasse d'huile de ricin dans une main, une coupe de ciguë dans l'autre, et leur offre le choix entre l'ignominie et une mort romaine ?

« Britanniques ! En vérité ce jour est proche. Un nouvel esprit souffle à l'étranger, un vin nouveau qui ne sera pas versé dans ces outres anciennes. Les Britanniques reviennent enfin à la raison, le lion s'apprête à rugir, la noble attitude que nous appelons social-unionisme va tirer le pays de son apathie honteuse. Bientôt vos rues résonneront sous le pas des bataillons de l'Union Jack, bientôt seront balayés ces politiciens au cœur en pâté de foie, bientôt nous vivrons tous dans une glorieuse Grande-Bretagne sous l'autorité avisée, exigeante et bénéfique de notre Capitaine. »

« Hourra ! cria Jasper, applaudissant avec force cette émouvante péroraison. Bravo, bravo, magnifique ! »

Les villageois se retournèrent et le regardèrent, stupéfaits. Eugenia lui adressa un sourire éclatant.

« Et maintenant, Britanniques, continua-t-elle, avez-vous des questions à poser ? Si oui, je consacrerai dix minutes à vous répondre. »

Les quelques péquenauds présents se dandinèrent d'un pied sur l'autre. Puis, l'un d'entre eux ôta un brin de paille de sa bouche et déclara qu'ils avaient tous beaucoup apprécié le discours de miss Eugenia, c'était sûr, et monsieur le duc souffrait-il toujours du rhume des foins ?

« Beaucoup moins, merci, répondit poliment Eugenia, le mal disparaît toujours en juillet, vous savez. » Elle paraissait déçue. « Pas d'autres questions ? Dans ce cas j'ai une annonce à faire. Tous ceux qui désirent s'inscrire à notre mouvement de l'Union Jack peuvent s'adresser à moi, ici-même ou à Chalford House. Il vous sera demandé neuf pence par mois, la chemise de l'Union Jack coûte cinq shillings et l'insigne six pence. Y en a-t-il qui veulent s'inscrire maintenant ? »

L'assistance commença aussitôt à se disperser. Ils versaient déjà deux shillings par an à lady Chalford au profit du Parti conservateur, et deux pence chaque semaine pour l'Association des infirmières ; par conséquent, ils ne voyaient pas pourquoi la famille Malmains devrait engloutir encore davantage de ce qu'ils gagnaient péniblement. Jasper et Noel, de leur côté, saisirent cette occasion bénie pour se faire valoir auprès de l'héritière. Ils bondirent et annoncèrent d'une même voix qu'ils étaient désireux de s'enrôler. Le visage d'Eugenia s'illumina d'un sourire radieux.

« Oh, parfait », s'écria-t-elle, descendant de sa baignoire. Elle retroussa sa jupe, découvrant une culotte de cheval, de la poche de laquelle elle tira deux cartes d'inscription et un stylo. « Signez ici – vous voyez ? Vous devez vous engager à obéir en toutes choses au Capitaine et payer neuf pence.

— Je promets, dit Jasper.

— Tout cela est bien beau, dit Noel, je suppose que c'est OK, mais dites-moi, qui est le Capitaine ? Est-ce quelqu'un de sympathique ? Puis-je éviter de lui promettre une totale obéissance ? Il pourrait m'obliger à accomplir quelque chose de très particulier, n'est-ce pas ? »

Eugenia fronça les sourcils, jouant avec son poignard. « Prenez garde, dit-elle d'un air sévère. On ne parle pas ainsi du Capitaine.

— Je suis sincèrement désolé, dit Noel, jetant un regard inquiet vers l'arme. Je ne recommencerai pas. Bien, voici mes neuf pence.

— Prête-moi une livre, vieux, dit Jasper.

— Je regrette, vieux, dit Noel.

— Ne sois pas pingre, salaud, dit Jasper, en lui donnant un léger coup de pied dans le tibia.

— Hé ! ne me frappe pas », se récria Noel.

Eugenia les examina l'un après l'autre. Elle avait une préférence marquée pour Jasper. « Peut-être êtes-vous au chômage ? lui demanda-t-elle, car dans ce cas nous demandons seulement quatre pence.

— Suis-je chômeur ? Chômeur est-il mon deuxième nom ? Prête-moi quatre pence, vieux.

— Désolé, vieux.

— Je vais vous les prêter, dit soudain Eugenia, mais il faudra me rembourser rapidement, parce que la vraie raison de ma venue au village cet après-midi était d'acheter deux barres à deux pence à l'épicerie.

— Des barres de quoi ?

— De chocolat, bien sûr. »

À ces mots, Noel se sentit naturellement obligé de donner quatre pence à Jasper. Eugenia le persuada alors de payer leurs deux chemises de l'Union Jack ainsi que les insignes. Il se dit que le sort, comme à l'accoutumée, se montrait généreux envers Jasper, qui venait visiblement en tête dans l'estime d'Eugenia, et qui renchérit en suggérant de retourner à l'épicerie du village chercher les barres à deux pence. Au moment où il les payait, Noel comprit que leur achat serait attribué à Jasper. Il décida qu'il devait renvoyer ce parasite à Londres aussi vite que possible.

« Je ne vous ai jamais vus avant aujourd'hui, habitez-vous dans les environs ? » demanda Eugenia à Noel, tandis qu'ils sortaient tous les trois de l'épicerie, mâchant des barres à deux pence.

« Non, nous séjournons au Jolly Roger pour quelques semaines, ou plus précisément j'y séjourne pour quelques semaines. Mon ami, Mr Aspect que voici, doit repartir demain à la première heure. C'est très regrettable.

— N'en croyez rien, dit Jasper d'un ton sec, plus maintenant que j'ai fait votre connaissance. Je ne pars pas. Hors de question.

— Oh ! très bien, dit Eugenia, ce serait vraiment trop triste que vous soyez obligé de partir, juste au moment où vous venez de rejoindre le Mouvement et tout le reste. Vous êtes le genre de jeunes gens dont j'ai besoin dans ce village, enthousiastes, actifs, énergiques.

— C'est tout à fait moi, dit Jasper.

— En outre, vous n'aurez rien d'autre à faire dans la journée. Il y a des garçons épatants dans mon détachement, mais bien sûr, ce sont tous des gens de la classe ouvrière, à l'exception de mes deux gardes du corps de l'Union Jack, que vous avez vus se charger de cette vieille pacifiste. Ils l'ont fait avec courage ; elle n'aurait pas hésité à les égorger, aucun mauvais tour n'est trop infâme pour cette bande, semble-t-il. Oui, ce qu'il nous faut ici, ce sont des gens instruits et disponibles tels que vous pour le recrutement et les interventions à la tribune. C'est pourquoi je suis particulièrement heureuse que vous restiez.

— Je présume que vous êtes Eugenia Malmains ? dit Jasper. Je vous ai vue chevaucher dans le village il y a des années quand vous aviez moins de – une vraie gamine en réalité. Vous viviez seule avec vos grands-parents à cette époque.

— C'est toujours le cas, pour mon malheur.

— En permanence ? Vous n'allez jamais à Londres ?

— Non. Voyez-vous, LPVC – c'est ainsi que j'appelle ma grand-mère, ce qui signifie La Pauvre Vieille Chose – dit que personne ne nous adresserait la parole si nous allions à Londres. LPVM – Le Pauvre Vieux Machin, mon grand-père – siégeait jadis à la Chambre des Lords, avant son attaque. Comme il était sourd comme un pot peu importait qu'on s'adresse à lui ou non. Cela me serait totalement indifférent, à moi aussi, car je sais que les camarades de l'Union Jack House me parleraient. LPVC déraille complètement à ce sujet.

— Avez-vous envie d'y aller ?

— Bien sûr que j'ai envie d'y aller. Je pourrais voir le Capitaine, et en plus je pourrais défiler avec les bataillons de l'Union Jack, dit Eugenia.

— Qui est le Capitaine ?

— Le Capitaine Jack, fondateur du Mouvement social-unioniste et chef des Union Jackshirts, répondit Eugenia, saluant le bras tendu.

— Pourquoi ne pas vous marier et décamper d'ici ?

— Merci, mais il se trouve que je suis mariée au Mouvement. Oh ! la rase, voilà Nanny qui rapplique. Il faut que je file. » Elle porta ses mains à sa bouche et appela, émettant deux notes particulières. « Vivian Jack-son. » Un petit cheval noir sans selle ni bride s'approcha d'elle au trot, accompagné d'un énorme mastiff. « Voici Vivian Jackson, mon cheval, expliqua-t-elle. Mon chien s'appelle Reichshund, comme le chien de Bismarck, vous savez. Au revoir. » Elle se hissa sur le cheval, lui donna une tape sonore sur l'encolure, et s'éloigna au galop en direction de Chalford Park.

« Remercions Dieu d'avoir nos excentriques anglais, dit Jasper. Viens, vieux frère, ils doivent être ouverts à cette heure. »

3

« Quelles sont les nouvelles ? » demanda Noel. Il pénétra dans le jardin du Jolly Roger en nage et de mauvaise humeur après une longue marche. À la campagne, Noel faisait toujours ample provision de grand air et d'exercice. Il se croyait obligé de se soucier de sa santé. Jasper, pour qui il était préférable de prendre du bon temps, était assis à fumer cigarette sur cigarette et à lire les journaux du matin, dont la distribution, ainsi que celle de l'unique courrier, pouvait avoir lieu dans ce coin perdu entre dix heures du matin et quatre heures de l'après-midi.

« Un autre corps a été découvert dans une autre malle et deux ravissantes nanas sont arrivées hier tard dans la soirée. Apparemment elles ont l'intention de séjourner plusieurs jours – juste ce qu'il nous faut.

— Je ne vois pas en quoi, dit Noel d'un ton irrité. Nous avons Eugenia.

— Tu ne vois pas ? Eh bien c'est comme le vieux dicton : plus on est de fous plus on rit. Rien n'est jamais trop bon. Le travail est plus facile à plusieurs. Etc. Et l'histoire du corps est plaisante aussi, je veux dire celui de la malle. En fait, je trouve cet endroit fort agréable.

— Vraiment ?

— Vraiment. J'ai aussi parlé pendant trois minutes avec Eugenia avant que Nanny nous tombe dessus. Elle est délicieuse, j'ai sérieusement l'intention de l'épouser.

— Jasper, mon vieux, il faut que je te dise une chose. Cela ne m'est pas très facile, mais je te connais depuis assez longtemps, j'espère, pour pouvoir te parler sans détour.

— Tu peux y aller, mon vieux, ne t'inquiète pas. Je m'attends à toucher un peu d'argent dans quelques jours – je ne te demanderai pas un penny de plus, je te le promets. »

Noel poussa un profond soupir. Il aurait dû se douter qu'il ne serait pas aisé de se débarrasser de ce maudit parasite.

« Alors, qu'avait à te raconter Eugenia ? demanda-t-il, un brin énervé.

— D'autres détails sur la façon dont nous sommes gouvernés par les maîtresses d'hommes d'État octogénaires. Je dois dire que c'est un peu dérangeant, tu ne trouves pas ?

— Qui sont octogénaires, les hommes d'État ou leurs maîtresses ?

— Oh, tu as raison, il faudra que je le lui demande. Quoi qu'il en soit, ils doivent être éliminés. L'ignominie ou une mort romaine. Bon – voici enfin ma bière. Tu en veux une, vieux frère ? Encore deux bières s'il vous plaît, miss, et mettez-les sur le compte de la chambre 6, je vous prie.

— Chambre 8 », rectifia Noel. La chambre 6 était la sienne.

« Oh, là, là, voilà que tu deviens pingre, dit Jasper. Mettez-en deux sur la chambre 6 et une sur la 8, et les journaux sur la 6 – ne proteste pas, vieux, tôt ou tard il faudra que tu lises l'histoire de la malle. Je dois avouer que je déteste tous ces comptes d'apothicaire.

— Moi aussi, dit Noel avec impatience. Écoute, Jasper, prends ça pour ton billet de retour et je paierai la note de l'hôtel après ton départ. Qu'en penses-tu ?

— Extrêmement généreux de ta part », dit Jasper, qui fourra les trente shillings dans son portefeuille et se mit à fournir d'autres détails macabres sur l'affaire de la malle.

Plus tard dans la journée il fit remarquer à Noel : « Dis donc, il y a quelque chose de franchement bizarre chez ces deux nanas. D'abord elles ont signé le registre sous les noms de miss Smith et de miss Jones, toutes deux originaires de Rickmansworth. Pas très crédible. Puis elles ont pris un petit salon particulier, ce qui me paraît étrange. Mais le plus curieux est que la dénommée miss Jones a passé tout l'après-midi dans le verger à ôter des couronnes ducales de ses dessous et de ses chemises de nuit. Un peu louche, toute cette affaire, si tu veux mon avis.

— Comment sais-tu qu'il s'agissait de couronnes ducales ?

— Mon cher, je sais reconnaître une couronne ducale quand j'en vois une. Tu oublies que mon grand-père est duc.

— Et guère convenable.

— J'imagine qu'on ne fait pas plus convenable que lui. Il y a peu d'occasions de se montrer inconvenant quand on est enfermé depuis trente-cinq ans, hein ?

— Précisément. Je n'ai pas plus d'estime pour les ducs qui sont enfermés que pour ceux qui sont ruinés.

— Bon, accorde-lui ton estime ou pas. Je suis sûr qu'il s'en fiche.

— Parle-moi encore des dessous de miss Jones, veux-tu ?

— Dès que j'ai eu la certitude qu'elle était en train d'en découdre une sorte de monogramme – je n'y voyais pas aussi bien que je l'aurais souhaité à travers la haie –, je me suis précipité à l'étage jusqu'à sa chambre, le numéro 4, en face de la salle de bains, et je l'ai trouvée pleine de couronnes ducales, il y en a partout. Même sur les brosses et les peignes, une débauche de feuilles de fraisiers. Et les bijoux éparpillés sur la coiffeuse ! J'ai réussi à piquer deux livres en liquide dans la poche d'un vieil imperméable – cela m'étonnerait qu'elle s'en aperçoive.

— Tu dois être bourré aux as maintenant.

— Mmm. Mais tu ne trouves pas extraordinaire cette histoire à propos de miss Jones ? Est-ce une duchesse en fuite ou la femme de chambre d'une duchesse en fuite ou que sais-je encore ? Quoi qu'il en soit je t'offre un verre à la Rose Revived. Eugenia doit arriver d'ici peu et j'ai promis que nous la retrouverions devant l'épicerie des barres à deux pence. »

Mais Eugenia, de son côté, était embarquée dans une pénible discussion avec La Pauvre Vieille Chose, sa grand-mère, qui avait eu vent de ses récentes activités.

« Mon enfant, je ne peux pas te laisser courir dans tout le village comme une fille de cuisine, disait

LPVC, avec plus de tristesse que de colère, ni parler à des étrangers et, pire encore, en accepter des friandises. En outre, j'ai appris que tu montes à nouveau ton poney à califourchon – tu n'es plus un bébé désormais, ma petite, et les jeunes filles ne doivent pas monter de cette manière. Que vont penser de toi les gens du village ? Tout est la faute de ta nurse et de moi-même. Il m'est difficile de te blâmer, Eugenia. Après tout, ta mère était une femme de perdition, pernicieuse, et tôt ou tard la voix du sang se réveille.

— Je ne suis pas si mauvaise, répliqua Eugenia d'un air maussade. Je ne commets aucun péché, et je donnerais volontiers ma vie pour notre Capitaine. »

Lady Chalford, supposant vaguement qu'Eugenia faisait allusion à Dieu, eut l'air embarrassée. La ferveur religieuse était à ses yeux presque aussi choquante que la licence sexuelle, à laquelle elle était très probablement associée. Beaucoup, parmi les femmes les plus dépravées qu'elle avait connues du temps où elle fréquentait le monde avaient été profondément et ostensiblement religieuses.

Elle-même allait à l'église, bien sûr, par devoir patriotique, mais elle n'éprouvait aucun sentiment personnel envers Dieu, qu'elle considérait, conjointement avec le roi, comme le chef de l'Église d'Angleterre. Mais si la jeune fille était à ce point obsédée par la religion, une tendance que lady Chalford n'avait jamais remarquée chez elle auparavant, et qu'elle supposait d'origine récente, il était peut-être encore possible de l'empêcher de suivre les traces de sa mère. Lady Chalford se demanda s'il était judicieux de faire appel au prêtre. En attendant elle s'obligea à dire avec une certaine appréhension : « Le Capitaine a toujours fait preuve d'obéissance devant les détenteurs de l'autorité. Tâche de suivre Son exemple, Eugenia.

— Je ne suis pas de votre avis, fut la réponse. Les idées du Capitaine sont absolument révolutionnaires, absolument, et il n'a pas à obéir à qui que ce soit, étant lui-même un Chef. »

Lady Chalford savait pertinemment qu'elle n'était pas faite pour un débat théologique de cette nature. Elle décida qu'il était nécessaire de faire appel au prêtre.

« Rendons à César ce qui appartient à César, marmonna-t-elle. Je suppose que si tu Le suis, tu ne cours pas grand danger. Mais je t'en prie, que je n'entende plus parler d'expéditions au village ni de conversations avec des inconnus, sinon tu finiras comme ta mère.

— Comment a-t-elle fini ? » demanda Eugenia, avec un vif intérêt. Lady Chalford refusa de se laisser piéger. Ce n'était pas un sujet qu'elle estimait convenable d'aborder, encore moins convenable pour les oreilles d'une jeune personne qu'il touchait d'aussi près. Il faudrait prononcer le vilain mot de « divorce », interpréter des termes encore plus laids. Tôt ou tard, naturellement, il faudrait informer Eugenia, mais le message serait certainement mieux délivré par le propre mari de cette enfant, si le Sort se montrait assez généreux pour lui en fournir un. Lady Chalford était hantée par de tristes pressentiments sur ce point, aucun homme présentable, elle en était sûre, ne voudrait épouser la fille de la mère d'Eugenia ;

elle aurait probablement droit à des propositions différentes.

« À présent, va dans ta chambre jusqu'à l'heure du dîner. Je suis très fâchée contre toi.

— Stupide vieille sorcière », marmonna Eugenia tout bas. Néanmoins elle obéit. En réalité, jusqu'à ce que les social-unionistes viennent remplir le gouffre d'ennui qu'était sa vie, elle avait toujours obéi en tout à ses grands-parents. Il ne lui était jamais venu à l'idée d'agir autrement.

Ainsi Jasper et Noel l'attendirent-ils en vain devant l'épicerie. Ils ne manquèrent cependant pas de distractions. À peine s'étaient-ils postés devant le Ye Old Stocks (qui avait été érigé sur la pelouse municipale par un amoureux de la campagne vers 1890 et constituait depuis une attraction pour les Américains) que miss Smith et miss Jones apparurent à la recherche d'aspirine, de savon et du journal du jour. Elles purent se procurer les deux premiers articles, pas le troisième. Les deux jeunes femmes émergèrent du magasin en se lamentant bruyamment. S'en apercevant, Jasper saisit cette opportunité.

« Permettez-moi de vous prêter mon *Daily Mail*, dit-il, s'adressant à la ducale miss Jones, enveloppant du même regard la plus pulpeuse miss Smith.

— Oh, merci, c'est très aimable à vous », dit miss Smith. Miss Jones lui arracha presque le journal des mains. Puis elle se mit à en parcourir fébrilement les pages pendant que miss Smith regardait avec avidité par-dessus son épaule. Elles semblaient à la recherche d'une information particulière.

« Le deuxième cadavre dans la malle se trouve à la page du milieu, annonça Jasper. Les dames disparues sont page 8. »

L'horreur se peignit sur le visage des deux femmes. « Quelles dames disparues ? demanda miss Smith d'une voix tremblante.

— Celles que la police croit enfermées dans d'autres malles », dit Jasper en leur jetant un regard pensif. Elles semblèrent très soulagées par cette remarque. « Désirez-vous une cigarette ? »

Miss Smith en prit une. Miss Jones ne fumait pas. Elles continuèrent à feuilleter au hasard le journal, mais incapables d'y trouver quelque chose d'intéressant, elles le rendirent à Jasper.

« Comme il semble que nous allons tous utiliser la même salle de bains, et le reste, dit-il, nous pourrions faire les présentations. Je me nomme Jasper Aspect et voici Noel Foster, qui séjourne ici pour faire une cure de repos. Il n'était vraiment pas vaillant ces derniers temps, complètement patraque. »

Noel lui lança un regard qui, si les regards pouvaient tuer, l'aurait foudroyé sur place. Trop tard, le mal était fait. Il était inutile de protester ou de nier, l'impression avait été dûment donnée et enregistrée qu'il était un hypocondriaque soporifique. À nouveau il se maudit d'avoir laissé Jasper participer à cette aventure. Seul, il aurait pu affronter chaque situation au moment où elle survenait, posant au héros romantique. Jasper était toujours trop rapide pour lui. Il serra les dents et songea à se venger, après tout c'est lui qui tenait les cordons de la bourse.

Ils apprirent que miss Smith s'appelait Poppy. Elle parut séduite par Jasper et éprouver de la compassion pour Noel, dont l'apparence ne l'attirait visiblement pas. Miss Jones ne daigna pas communiquer son nom et ne se joignit pas davantage à la conversation qui suivit, mais resta debout à tapoter son sac du bout de ses longs doigts comme s'il lui tardait de s'en aller.

Miss Smith demanda combien de temps Jasper comptait séjourner au Jolly Roger.

« Je pense que nous allons rester quelques semaines. J'ai entrepris un travail de recherche dans les environs, d'une nature délicate et passionnante, et Noel poursuit sa cure. Il a passé des moments très pénibles récemment – la tante chez laquelle il vivait est morte subitement. »

Miss Smith présenta ses condoléances. Noel ragea en son for intérieur. Dorénavant il serait considéré comme un jeune homme à la santé délicate qui avait toujours vécu chez sa tante, une femme qu'il n'avait vue que quatre fois dans sa vie.

« Et vous, continua Jasper, combien de temps resterez-vous ici ? »

Il s'avéra que miss Smith se trouvait très bien à Chalford, contrairement à miss Jones. « Mon amie, dit miss Smith, un peu nerveusement, euh – miss Jones, trouve le Jolly Roger affreusement inconfortable. Il n'y a pas de salle de bains dans la chambre, comme vous l'avez remarqué, et elle n'a pas l'habitude d'en partager une avec d'autres personnes. Les lits, aussi, sont plutôt durs.

— J'ignorais que Rickmansworth était connu pour son raffinement, dit Jasper.

— Rickmansworth ? dit miss Smith d'un ton vague – puis se reprenant : Oh, vous voulez dire

Rickmansworth ? L'endroit d'où nous venons ? Le goût des conforts ordinaires de la vie est-il limité à certains lieux géographiques ? Je l'ignorais.

— Le Jolly Roger offre davantage que les conforts ordinaires de la vie. L'endroit est propre, la nourriture acceptable, la bière excellente, et en ce qui concerne la salle de bains elle est très agréable et il y a de l'eau chaude, vous savez, et maintenant que vous avez acheté du savon, nous allons même pouvoir nous y laver. »

Miss Jones eut un frisson. Ouvrant la bouche pour la première fois, elle annonça d'une voix plaintive qu'elle allait se mettre de la crème sur le visage et s'étendre un moment. Puis elle s'éloigna rapidement. Jasper remarqua, à l'annulaire de miss Smith, une alliance incrustée de petits diamants. Il n'en fut pas mécontent et proposa qu'ils fassent une courte marche ensemble.

C'est alors que Noel, qui errait seul, l'air sombre, rencontra Mrs Lace, la beauté locale.

4

Chaque village possède sa beauté locale, et Chalford ne faisait pas exception à la règle. Anne-Marie Lace, toutefois, n'était pas le genre habituel de petite femme frivole un peu défraîchie, dont les grands yeux bleus attirent en secret ou sur le court de tennis une troupe d'admirateurs chaque année moins nombreuse. Elle n'avait aucun talent sportif, prétendait s'intéresser aux choses de l'esprit, elle était ambitieuse, et réellement belle. Son drame était d'être née, d'avoir grandi et de s'être mariée à la campagne.

À Londres, avec sa beauté et l'énergie qu'elle déployait pour plaire, elle aurait pu sans aucun doute faire partie de la société dont elle rêvait, ce monde de prétendus intellectuels dont les journaux publient fréquemment les photos ou rapportent les faits et gestes. Même aux alentours de Chalford, dont le champ était désespérément limité, elle était une sorte de star, connue de la petite noblesse à des milles à la ronde comme « la belle Mrs Lace ». Elle avait la satisfaction de savoir que la plupart des femmes la détestaient, tandis que leurs maris, des rustres qu'elle méprisait, la trouvaient ravissante mais trop raisonneuse. C'était un réconfort cependant moindre que l'adoration sincère déposée à ses pieds par une douzaine de chétifs jeunes gens qui, tous les étés, constituaient une sorte de colonie d'artistes installés dans des chaumières aux alentours de Rackenbridge. Ils l'imaginaient riche, ingurgitaient gratuitement quantité de repas à sa table et peignaient d'elle des petits portraits sans qualité la représentant dans les poses les plus extravagantes. Ils l'aidaient aussi à créer des vêtements qui étaient un sujet inépuisable de conversation car elle ne résistait pas à apparaître dans les réunions les plus ordinaires vêtue de manière excentrique. Velours noir, chapeau de fourrure et pendants d'oreilles d'une grande-duchesse russe, vert livide et jaune de danseuse des Ballets russes, corselet de taffetas et frange à la Alexandra[1], tunique et pantalon de mandarin chinois, chaque tenue arborée dans des circonstances totalement inappropriées soulevait immanquablement chez les dames du cru habillées de tweed des tempêtes de commentaires et de critiques, dont les échos atteignaient Mrs Lace, sans du tout lui déplaire.

Pourtant Mrs Lace était une femme profondément frustrée et ni sa maison, ni son mari, ni ses enfants ne lui apportaient de véritable satisfaction. La maison, Combery Manor, avait appartenu aux parents du major Lace et était très quelconque. Mrs Lace implorait en vain de pouvoir la décorer à son goût, et laisser libre cours à son sens esthétique naturel en peignant les murs en blanc et en passant les meubles à la céruse.

1. Héroïne de *Servitude humaine*, de Somerset Maugham, qui porte les cheveux ramassés sur le front en une frange élaborée. (*N.d.T.*)

Le major Lace refusait de dépenser un penny pour ce genre de chose ; il aimait sa maison telle qu'elle était, aussi la malheureuse avait-elle dû appliquer ses talents de décoratrice à la seule salle de bains, qu'elle avait tapissée de photos découpées dans *Vogue*, et garnie de rideaux de toile cirée. Ce qu'elle avait fait de ses propres mains, sur les conseils d'un jeune artiste de Rackenbridge, un dénommé Mr Leader.

Son mari était considéré par Anne-Marie et ses admirateurs comme un terrible boulet pour sa délicieuse femme. En vérité, c'était un homme ordinaire, simple, aimable, avec assez peu de sujets d'intérêt hormis trouver des reproducteurs convenables pour ses vaches Jersey de concours. Il n'était plus amoureux d'Anne-Marie, mais acceptait l'idée qu'elle se faisait de sa propre valeur, était fier de sa beauté et la considérait comme l'image même de la mode et un modèle d'élégance. Il n'en refusait pas moins de satisfaire financièrement aux exigences de son tempérament artistique, et l'agaçait profondément quand elle était d'humeur maussade, en disant : « Ne soyez donc pas aussi ronchon, ma vieille », avant de partir d'un pas décidé pour ses étables. Elle rêvait en de telles circonstances de lui rendre la pareille par de secrètes infidélités, mais les jeunes gens de Rackenbridge, bien que tout disposés à lui proclamer un amour éternel, n'étaient pas très entreprenants et ne semblaient jamais envisager l'adultère.

En conséquence, la petite Caroline et la petite Romola avaient toutes deux les cheveux filasse, un visage de pleine lune, les yeux bleu clair du major et étaient, comme lui, dotées d'un caractère placide et sans imagination. Une grande déception pour leur mère.

Apprenant par la vieille gouvernante du major, une véritable commère qui habitait un des cottages de la propriété, que quatre personnes, toutes très jeunes, étaient arrivées au Jolly Roger, elle fila consulter le livre des visiteurs. Le Jolly Roger était par bien des points supérieur à une auberge de village ordinaire, il était renommé pour sa cuisine traditionnelle, sa propreté et une cave très convenable, et était pour cette raison fréquenté de temps à autre par des notabilités. Venaient y séjourner auteurs, acteurs, antiquaires et membres distingués de diverses professions libérales dont le propriétaire, Mr Birk, aimait à vanter les noms. Pourtant, bien qu'elle consultât souvent le registre, Anne-Marie trouvait en général que les hôtes étaient trop âgés, ou leurs visites trop brèves pour qu'elle s'y intéresse. Cette fois, cependant, les signatures paraissaient plus prometteuses. Il est vrai qu'elle n'avait jamais entendu parler de Noel Foster ni du gratin de Rickmansworth ; mais Jasper Aspect était un nom qui ne lui était pas inconnu. Elle décida aussitôt de rentrer chez elle et de troquer contre une autre tenue son ensemble Paris-Plage. Mr Aspect, personnalité bien connue des cercles mondains, était probablement las de toute cette sophistication et serait sans doute plus enclin à apprécier la simplicité et le charme rural. Sa robe paysanne austro-tyrolienne serait en tout point appropriée à la situation. Ravie de la subtilité de ce raisonnement elle se hâta vers Comberry. En traversant la pelouse communale elle rencontra Noel, décida de ne pas perdre une minute et eut recours à une ruse bien connue pour engager la conversation.

« Excusez-moi, dit-elle, auriez-vous vu deux charmantes petites filles dans une voiture à âne ? »

Noel ne les avait pas vues. Ce qui était prévisible, étant donné, comme Mrs Lace le savait pertinemment, que les charmantes petites étaient chez elles en train de jouer dans le jardin, où elles étaient restées toute la journée.

« Oh, les vilaines, continua-t-elle sur un ton badin, vous ne pouvez savoir les frayeurs que vous donnent les enfants. Ils font des choses absolument terrifiantes. Où sont donc allées *les petites méchancetés**[1] à présent ? »

Et elle battit des paupières à l'intention de Noel, qui répliqua, comme il le devait, qu'elle paraissait bien jeune pour avoir des enfants.

« Moi ? Je suis affreusement vieille. En réalité je me suis mariée plus ou moins au berceau. » Elle soupira et, ouvrant largement les yeux, regarda le sol à ses pieds. Pauvre petite, pauvre délicieuse créature, enfermée dans la routine ingrate du mariage avant d'avoir rien connu de la vie et de l'amour. Les instincts les plus chevaleresques de Noel se réveillèrent, il la trouva très belle, bien plus à son goût que miss Smith, miss Jones ou Eugenia. Il se réjouit que, pour une fois, Jasper ne soit pas dans les parages.

« Qui êtes-vous ? demanda Mrs Lace en minaudant. Peut-être avez-vous été déposé par magie sur la pelouse de notre village. Quoi qu'il en soit, j'espère

1. *Sic.* On conserve dans le texte les barbarismes de Mrs Lace. (*N.d.T.*)

que vous n'allez pas disparaître à nouveau dans une petite bouffée de fumée. *Espérons que non**. Promettez-moi que vous n'en ferez rien. »

Noel promit. Puis il la raccompagna jusqu'à Comberry Manor, où il accepta du vin de primevère et apprit quantité de détails sur la vie de Mrs Lace.

Elle formait un couple heureux, dit-elle, avec un bel homme du nom de Hubert Lace, qui était un ange, mais épouvantablement jaloux, égoïste, cupide et pingre. Ces mots déplaisants ne furent pas prononcés, mais servis enrobés de la sauce mousseuse d'un bavardage sucré. Comme le cher homme était aussi quelque peu niais, il ne pouvait naturellement pas éprouver d'intérêt pour les penchants artistiques d'Anne-Marie, et elle était par conséquent obligée de se consacrer à son jardin, à ses enfants, et aux consolations de l'esprit. Étant donné qu'elle se prénommait Anne-Marie, comme elle le lui annonça elle-même, Noel présuma en se fondant sur son accent légèrement étranger et ses singulières tournures de langage, ainsi que sur son apparence générale, qu'elle n'était sans doute pas cent pour cent anglaise. Ce en quoi il se trompait.

Pendant les vingt premières années de sa vie elle avait vécu dans un presbytère de campagne, et s'était appelée Bella Drage. Pourvue d'imagination et entreprenante, elle avait persuadé son père de l'envoyer à Paris pour y suivre des leçons de chant. Il avait réuni tant bien que mal assez d'argent pour lui permettre d'y passer six mois, après quoi elle était revenue transformée en Anne-Marie, arborant un nouveau nom et une nouvelle personnalité. Peu après cette métamorphose, elle avait fait la connaissance d'Hubert

Lace, qui avait été subjugué au Bal de la chasse par sa robe flottante, sa coiffure édouardienne et ses incursions subites bien qu'approximatives dans la langue française. Il avait déposé son cœur et sa fortune à ses pieds. Bella Drage était suffisamment intelligente pour se rendre compte qu'elle ne pourrait sans doute jamais espérer mieux, pas assez perspicace pour prévoir un fond d'obstination chez le major qui lui fit refuser avec la plus grande fermeté de vivre ailleurs qu'à Comberry. Elle comprit alors que son ambition d'entretenir d'élégants excentriques londoniens ne se réaliserait jamais tant qu'elle serait sa femme. Un de ses rêves était d'imaginer la mort d'Hubert, peut-être éventré par un taureau, ou mis en pièces par un de ces porcs Middle White qui, entraînés par une lubie du major vers des champs de choux plutôt que vers leur auge habituelle, faisaient parfois montre d'un comportement très inquiétant. Après les funérailles et une période de deuil raisonnable, une jeune veuve intéressante prendrait alors Londres d'assaut. La possibilité d'un divorce ne lui venait jamais à l'idée comme alternative au décès du pauvre Hubert. L'éducation dispensée dès son plus jeune âge au presbytère n'avait pas été sans influence sur elle et Mrs Lace était au fond une respectable petite personne.

Aucune de ces vérités ne transparut aux yeux de Noel. Il vit devant lui, comme prévu, une créature brillante, pétillante, vivant dans un milieu inadapté, un oiseau de paradis dans une cage rouillée, un gardénia dans un marécage, la Mariana de Tennyson. Eugenia s'effaça dans le néant, miss Smith et miss Jones auraient aussi bien pu n'avoir jamais existé pour ce qu'il s'en souciait. Jasper pouvait reprendre le rôle de flagorneur sans le sou qui lui convenait, Noel l'avait finalement emporté sur lui, découvrant par ses seuls efforts une perle parmi les femmes.

Ils parlèrent interminablement en savourant le vin de primevère et Noel s'aperçut que sa perle était aussi cultivée qu'elle était belle. Elle avait étudié les poètes obscurs de la Restauration et les anciennes ballades françaises, lui dit-elle, connaissait Proust par cœur (affichant une surprise attristée quand il avoua avoir lu seulement *Du côté de chez Swann,* en anglais), ainsi que D. H. Lawrence, Strindberg et Ibsen, qu'elle préférait lire en français.

En peinture ses goûts, semblait-il, étaient éclectiques. Les primitifs, la Renaissance hollandaise et italienne, l'école anglaise, les impressionnistes français, les surréalistes, tout était grain à moudre pour elle ; son exquise sensibilité se révélait dans le domaine musical. Elle ne s'intéressait qu'à Bach, Brahms et Beethoven. Wagner n'était pour elle qu'un affreux tintouin, Chopin un tintement sentimental. Elle lui dit qu'elle n'était pas née à l'époque qui lui aurait convenu, qu'elle n'aurait été heureuse qu'au dix-huitième siècle – cet âge tumultueux, ces années trente façonnées par la machine ne lui disaient rien, elle se sentait lasse, désorientée, malheureuse.

Noel était sous le charme. Jamais encore, se dit-il, il n'avait rencontré une jolie femme qui fût en même temps aussi naturellement esthète. Il but une grande quantité de vin de primevère et regagna le Jolly Roger, l'estomac un peu barbouillé, mais transporté de joie.

Il rejoignit Jasper dans la salle à manger. Le dîner, lui annonça Mr Birk avec une note de reproche, était servi depuis un moment. Jasper lui tendit un billet qu'Eugenia venait de leur faire parvenir, elle était adressée à Union Jackshirt Aspect et Union Jackshirt Foster.

> Salut à vous ! Mon horrible vieille sorcière pacifiste de grand-mère m'a enfermée dans ma chambre parce qu'on m'a vue en train de vous parler. Elle abuse de son pouvoir sur moi et me maltraite comme la France a longtemps abusé de l'Allemagne et l'a maltraitée. Peu importe. L'Allemagne aujourd'hui relève la tête et moi aussi je relèverai la tête et ce jour-là l'aube sera rouge sang. Terrible alors sera le destin des ennemis du social-unionisme, que la pauvre vieille prenne garde. Je vous rejoindrai demain devant le marchand des barres à deux pence à quatre heures précises.
>
> À vous dans
>
> le social-unionisme
>
> EUGENIA MALMAINS.

La lettre était ornée d'une swastiska, d'un Union Jack, d'un crâne et de deux tibias croisés, soigneusement dessinés à l'encre noire.

« C'est une gentille fille, dit Jasper, la bouche pleine. J'ai toujours l'espoir de l'épouser. Mais figure-toi, vieux frère, que je suis amoureux. »

Noel fut contrarié par cette déclaration, qui lui coupait l'herbe sous le pied. « Moi aussi, dit-il.

— À la bonne heure », fit Jasper. Ils continuèrent de manger en silence.

« Ma miss Smith, dit Jasper, est fichtrement bien roulée. Elle frétille délicieusement quand on l'embrasse. Je suis amoureux fou. »

Noel jugea inutile de mentionner qu'il n'avait pas jusqu'alors embrassé sa bien-aimée. Il s'en étonna soudain et supposa que la jeune femme, parfaite par ailleurs, manquait peut-être d'initiative. « La mienne s'appelle Anne-Marie, dit-il, Anne-Marie Lace. Elle est merveilleuse.

— Comment l'as-tu soulevée ? demanda Jasper avec intérêt.

— Nous nous sommes rencontrés, répondit Noel d'un air digne, sur la pelouse municipale ; elle cherchait ses enfants.

— Et est-ce qu'elle frétille quand tu l'embrasses ?

— Pas exactement. C'est une personne fascinante, une véritable intellectuelle. Nous avons longuement discuté d'art et de littérature.

— Ce doit être une fichue raseuse, dit Jasper, s'il est quelque chose que je ne supporte pas, c'est la culture chez les femmes. Miss Smith lit le *Strand Magazine* et déteste les étrangers. C'est tout ce que j'ai découvert concernant son intellect, mais je peux tout te dire concernant ses réactions physiologiques. Chère miss Smith, je l'aime comme un fou, oui vraiment, je suis amoureux d'elle. »

Noel se sentit jaloux. Il commença à penser que Jasper aimait davantage miss Smith que lui, Noel, n'aimait Mrs Lace. C'était extrêmement agaçant et il souhaita plus que jamais voir Jasper regagner Londres.

« Attends de connaître Anne-Marie, dit-il, furieux. Je pense qu'en comparaison ta miss Smith aura l'air d'une… euh… d'une barre à deux pence.

— C'est exact, dit Jasper, miss Smith me fait le même effet qu'une barre à deux pence à Eugenia, on ne peut pas faire meilleur compliment.

— Ce qui frappe en particulier chez Anne-Marie, c'est son incroyable originalité. Sa beauté est différente de tout ce à quoi nous sommes habitués. Sans doute parce qu'elle correspond à la perfection à son environnement, elle ne doit rien à ces élégantes de Londres.

— Oui, je vois, une grande vachère costaude avec des joues rouges comme des pommes. Pas du tout mon genre, je dois dire.

— Oh, tu n'y es pas du tout, dit Noel avec un sourire supérieur, on pourrait plutôt la qualifier d'exotique. Très pâle et d'aspect délicat, avec une qualité rare que l'on trouve rarement à notre génération. Une *Dame aux Camélias**, si tu veux.

— Elle est tuberculeuse ? demanda Jasper. Tu ferais mieux d'être prudent, mon vieux. »

5

Le lendemain le mystère des feuilles de fraisier de miss Jones fut dévoilé. Peu avant le déjeuner, Jasper apporta les journaux du matin dans la chambre de Noel et lui désigna d'un air réjoui les photographies en grand format de miss Jones publiées sous des titres tels que : « Elle aurait dû se marier aujourd'hui », « Orangeade au lieu de fleurs d'oranger », ou « L'infortune de la fille du comte disparu ». Les légendes annonçaient, avec frénésie ou dignité, suivant le genre du journal, que lady Marjorie Merrith, dont le mariage avec le duc de Dartford aurait dû être célébré le jour même, avait été obligée de le retarder jusqu'à une date indéfinie en raison d'une attaque de scarlatine qui la tiendrait en quarantaine pendant les six prochaines semaines ; son état de santé était aussi rassurant que possible. Lady Marjorie, disait-on, était la fille de la comtesse de Fitzpuglington et de feu le comte, tragiquement disparu dans le naufrage du *Titanic* en laissant veuve la comtesse avant qu'elle ne soit mère, et son unique enfant orpheline de naissance.

« Elle a l'air plutôt en forme, étant donné les circonstances », dit Noel. Il se sentait encore plus stupide qu'à l'accoutumée, après être resté jusqu'à cinq heures du matin à discourir sur l'amour avec Jasper.

« Quelles circonstances ?

— Le fait qu'elle ait la scarlatine.

— La scarlatine mon œil. Ressaisis-toi, mon vieux. Comment t'aider si tu n'y mets pas du tien ? Veux-tu m'écouter avec attention pendant quelques minutes, tout cela est d'un grand intérêt de notre point de vue. Voilà ce qui est manifestement arrivé : soit elle ne veut pas du duc, soit le duc ne veut pas d'elle – les deux étant sans importance. Donc ils ont décidé, ou elle a décidé de son propre chef, que le seul moyen de tout annuler à la onzième heure serait pour elle d'attraper une maladie exigeant un long isolement. Parfait. La partie qui nous concerne est la suivante – après Eugenia Malmains, lady Marjorie Merrith – miss Jones – est probablement la plus riche héritière d'Angleterre. Fabuleusement riche, à mon avis. Et nous sommes ici, deux vieux bons à rien, avec sous le nez deux énormes fortunes. Il suffit de se baisser pour les ramasser, et Dieu sait que nous en avons besoin.

— Qu'est-ce qui te fait croire qu'il suffit de se baisser pour les ramasser ?

— Dans le cas d'Eugenia je dirais que c'est évident. Elle est prête à épouser n'importe qui pour fuir LPVC. Dans le cas de lady Mr nous avons une aide de poids dans sa déception sentimentale. Incroyable ce qu'une femme est capable de faire après une déception sentimentale. Mais comprends bien que nous devons préparer un plan d'action – il n'est pas question de nous attaquer aux deux ensemble, nous finirions par n'en avoir aucune. Il nous faut donc choisir laquelle nous voulons. Maintenant je suis prêt à te laisser choisir le premier à condition que tu finances l'affaire.

— Je refuse absolument de te prêter un seul penny, si c'est ce que tu as en tête. »

Jasper soupira. « Si tu ne le fais pas, dit-il à regret, je serai dans l'obligation de demeurer ici sans pouvoir payer, ce qui serait délicat pour toi dans ces circonstances, et de séduire Mrs Lace. »

Noel mesura le poids de cet argument. Jasper avait, dans le passé, brisé de nombreuses liaisons amoureuses. « C'est bon, je plaisantais, vieux frère, dit-il d'un ton conciliant. J'apprécie ta présence, ce serait d'un ennui mortel d'être seul.

— Merci, dit Jasper, alors choisis celle que tu veux, s'il te plaît. Je suis impatient de me mettre à l'ouvrage.

— J'ai mal à la tête, dit Noel. Laisse-moi me rendormir, s'il te plaît.

— Tu le pourras, dès que tu auras choisi. Maintenant, réfléchis bien, je ne te laisserai pas changer d'avis. Eugenia est plus riche, plus jolie et plus folle. Miss Jones est mieux habillée, plus présentable, mais je dirais franchement plus moche. Laquelle veux-tu ?

— Tu as l'air d'oublier que je suis déjà amoureux, dit Noel d'un air digne.

— Oh, arrête. Je suis terriblement amoureux moi-même. Penses-tu que je vais renoncer à mes projets pour autant ? C'est peu probable. Il y a des moments, vieux frère, où l'amour doit occuper la place qui est la sienne, celle d'une émotion antisociale et moralement contestable, et nous vivons l'un de ces moments. Allons, choisis.

— Je préfère Eugenia, marmonna Noel sous ses draps, n'importe quoi pour avoir une vie tranquille.

— Une vie tranquille est sans doute la dernière chose que tu auras avec cette fille, mais c'est ton choix naturellement. Maintenant, je vais aller m'habiller *très snob pour le sport** et partir à la recherche de cette insaisissable lady Marjorie. Je me demande si elle est déjà levée. Je n'ai jamais rencontré de fille qui passait autant de temps au lit, elle se couche tôt, se lève tard, et reste allongée la plus grande partie de la journée, le visage enduit de crème. »

Noel le prévint qu'il ne voulait pas déjeuner, et s'apprêta à se rendormir.

Dix minutes plus tard Jasper, contrairement à tous ses plans, était en train d'embrasser miss Smith au fond du jardin.

« Chère miss Smith, dit-il, savez-vous que je suis follement amoureux de vous ?

— Vraiment, cher Mr Aspect ? C'est très gentil de votre part.

— Chère miss Smith, pourrait-on savoir qui vous êtes ?

— Pourquoi voulez-vous le savoir ?

— Parce qu'il se trouve que cela m'intéresse.

— Eh bien, je suis une quantité de choses différentes. Pour l'instant, il semble que je sois une simple confidente.

— De lady Marjorie ?

— Oh, vous êtes au courant, n'est-ce pas ? Oui, je suis sa confidente. Quand Marge pique une crise en satin blanc avec des fleurs dans les cheveux, je pique une crise en lin blanc avec de la paille dans les cheveux – allusion littéraire –, voilà notre occupation pour l'instant.

— Oui, en effet. Qui est votre mari ?

— Il s'appelle Anthony St Julien, je m'appelle Poppy St Julien. Appelez-moi Poppy si vous le désirez.

— Merci, mais pour moi vous êtes miss Smith. Où est Anthony St Julien en ce moment ?

— Je suppose qu'il boit un cocktail quelque part avant d'aller déjeuner.

— Sait-il que Poppy St Julien est en train d'embrasser Jasper Aspect sous un saule pleureur, si tôt le matin ?

— Il ne le sait pas. Et, s'il le savait, il s'en ficherait, dit Mrs St Julien.

— Bon sang, cet homme est donc insaisissable ? Maintenant parlez-moi de l'héroïne.

— C'est juste une héroïne.

— Et qu'a-t-elle de si héroïque ?

— Disons qu'elle n'est pas une personne ordinaire comme vous et moi. On doit la considérer soit comme un monstre d'égoïsme soit comme une héroïne. Pour moi c'est une héroïne. Ses gants sont toujours tellement plus propres que ceux de n'importe qui d'autre, une qualité que j'admire.

— Oui, je comprends. Alors pour quelle raison n'a-t-elle pas épousé le duc ?

— Avec Marge on ne peut jamais dire pourquoi elle fait ceci ou cela. Son esprit n'emprunte pas des circuits compréhensibles. Elle a simplement décidé de laisser tomber toute l'affaire il y a deux jours, et nous sommes venues ici.

— Il y a des gens qui ne connaissent pas leur chance, dit Jasper.

— C'est ce que je lui ai dit. Marge, ai-je dit, dans trois jours, si tu suis mon conseil, tu seras duchesse. Il n'est pas indispensable d'y voir une fin en soi, mais pense à quel point ce sera un tremplin utile pour atteindre tout ce qu'on voudrait être – doublement duchesse, par exemple, tout à fait *chic**, impossible d'être doublement duchesse sans être d'abord une duchesse ordinaire, n'est-ce pas ? Puis pense à quel point il sera agréable d'être une duchesse douairière, ou même une duchesse divorcée.

— Ou même une chère vieille duchesse, dit Jasper.

— Mais tout cela n'a servi à rien, elle m'a à peine écoutée. Il semble qu'elle recherche le grand amour ou une stupidité du même tabac – elle a dû lire des romans bon marché, je suppose. Aussi a-t-elle laissé les explications habituelles sur sa pelote à épingles, l'une destinée à Osborne Dartford et une autre à sa maman, et elle imagine naïvement qu'ils ne découvriront pas où nous nous cachons, aussi je compte sur vous pour n'en parler à personne, n'est-ce pas ?

— Je n'en ferai rien.

— Et ne laissez personne voir que nous – bon – vous savez…

— Que nous nous fréquentons ?

— Mmm.

— Pourquoi ?

— Parce que Anthony St Julien pourrait l'apprendre.

— Vous avez dit qu'il s'en ficherait.

— Il ne s'en ficherait pas. Au contraire, il serait ravi. Il veut divorcer parce qu'il est entiché d'une débutante.

— Ce garçon doit être toqué, dit Jasper. Si j'avais une femme aussi délicieuse que vous, jamais je ne m'approcherais d'une débutante.

— Vous êtes gentil.

— Je ne suis pas gentil, simplement sain d'esprit. Donc vous n'avez pas envie qu'Anthony St Julien vous force à divorcer ?

— Bien sûr que non, pourquoi en aurais-je envie ? C'est une situation inhabituelle pour une lady, vous savez, et en outre je n'aurais pas un sou pour vivre.

— Pourquoi ce malotru d'Anthony St Julien ne vous accorde-t-il pas le divorce ?

— Parce qu'il paraît que les débutantes n'aiment pas épouser un gentleman divorcé. Comprenez bien, d'une part, elle ne veut pas être complice et, d'autre part, elle ne le laissera pas emmener une femme à Brighton.

— On dirait une partie de whist, dit Jasper. La gagnante monte d'un cran, et le gentleman perdant redescend d'un. Je pense que votre mari est un mufle, et s'il existe une sorte d'homme que je hais, ce sont les mufles.

— Merci, dit Poppy St Julien, vous êtes vraiment gentil.

— Gentil est mon deuxième prénom. – Bonjour, miss Jones, avez-vous bien dormi ?

— Affreusement mal, merci, dit lady Marjorie. Vous devriez essayer mon lit.

— Oh, je le ferai sûrement, mais plus tard. Vous savez que vous êtes une vraie princesse, ma belle.

— En sommes-nous déjà à nous donner du “ma belle” ?

— Peut-être avez-vous raison, dit Jasper. À propos, il y a tout un bla-bla sur vous dans les journaux ce matin, orangeade au lieu de fleurs d’oranger. L’avez-vous vu ?

— Oui, merci, je l’ai vu.

— Pour ma part, je n’apprécie pas ce rejet irréfléchi des ducs, vous savez, ma chère.

— Merci infiniment. Ce que vous pensez de mes affaires privées n’a pas la moindre importance. Et, je vous en prie, ne m’appelez pas “ma chère”. »

Suivit un bref silence. Jasper aurait aimé se lancer pour de bon à la conquête de miss Jones, mais il se sentit inhabituellement gêné par la présence de miss Smith. Il eut honte de cette faiblesse et craignit qu’elle ne témoigne d’une réelle émotion.

« Où est votre ami ? demanda Mrs St Julien.

— Noel ? Il s’est mis en tête de tomber amoureux d’une beauté locale, le pauvre garçon.

— À propos de beauté locale, dit Mrs St Julien, j’ai une cousine mystérieuse qui doit habiter quelque part dans les environs. Elle s’appelle Eugenia Malmains et personne ne l’a jamais vue pour autant que je sache – j’aimerais la rencontrer pendant que je suis ici.

— Rien de plus facile, dit Jasper. Si vous vous postez devant le magasin qui vend des barres à deux pence cet après-midi à seize heures exactement, je vous présenterai à votre cousine Eugenia Malmains. »

La chaleur était étouffante, sans un souffle d'air. Jasper, Noel et les deux femmes étaient assis sous un grand tilleul sur la pelouse municipale et trouvaient avec peine de quoi meubler la conversation. Jasper, qui avait de nombreux sujets à partager avec Mrs St Julien, lorsqu'il était seul avec elle, et qui aurait pu, il en était certain, faire une impression tout à fait favorable sur lady Marjorie dans les mêmes circonstances, avait du mal à s'occuper des deux à la fois. La présence de Noel, de surcroît, l'empêchait de donner toute sa mesure. Lady Marjorie et Mrs St Julien étaient engagées dans une discussion décousue tandis que Jasper attendait son heure, et que Noel se demandait où, quand et comment il pourrait déclarer sa flamme à Mrs Lace.

À seize heures précises Eugenia apparut, traversant le village d'un pas cadencé de déesse triomphante, suivie de près par Vivian Jackson et Reichshund. « *Heil !* s'écria-t-elle, levant le bras à la manière des social-unionistes.

— *Dorado !* » répliqua Noel, riant immodérément de sa minable plaisanterie.

Eugenia lui jeta un regard noir. « Union Jackshirt Foster, dit-elle sévèrement. Prenez garde, je vous ai déjà prévenu une fois précédemment. Si vous continuez à faire des plaisanteries aux dépens de notre Mouvement, je serai obligée de vous dégrader devant les camarades. En fait je couperai tous vos boutons avec mon propre poignard.

— Très bien, dit Jasper. L'ignominie ou une mort romaine pour Union Jackshirt Foster. Miss Eugenia, j'aimerais vous présenter votre cousine Mrs St Julien, ainsi que lady Marjorie Merrith. Elles sont descendues au Jolly Roger comme nous.

— *Heil !* » dit Eugenia. Elle les salua à tour de rôle puis leur serra la main. « Je suis très heureuse de vous voir ici. Nous avons un besoin crucial de recruter des membres pour former une branche féminine dans ce village, peut-être pourriez-vous m'aider à en constituer une.

— Volontiers », dit Poppy. Elle se sentait attirée par sa cousine.

« Union Jackshirt Aspect, poursuivit Eugenia, je vous apporte un message de LPVC. Elle dit que votre pauvre grand-père était un de ses meilleurs amis et elle souhaite vous rencontrer. Accepteriez-vous de venir prendre le thé à Chalford House aujourd'hui ?

— Volontiers, dit Jasper. J'accepte avec plaisir.

— Ma cousine aimerait peut-être se joindre à vous ?

— Merci, j'en serais ravie », dit Poppy St Julien.

Eugenia se sentit alors obligée d'inviter les autres. Elle espérait visiblement qu'ils refuseraient, ce qu'ils firent. Noel avait prévu de rendre visite à Mrs Lace à l'heure du thé ; lady Marjorie dit qu'elle devait se mettre de la crème sur le visage et s'allonger un moment.

Ils se mirent donc tous les trois en route, Vivian Jackson et Reichshund trottant sur leurs talons.

« Est-ce loin ? demanda Mrs St Julien.

— Oh non », répondit Eugenia. Sa cousine ne fut pas tellement rassurée. Eugenia marchait à grandes enjambées sans effort, donnant l'impression que pour elle vingt milles n'étaient rien de plus qu'une petite promenade de santé. Très vite, cependant, ils atteignirent le portail de Chalford Park, deux grandes et superbes grilles, surmontées d'une arche de marbre de style baroque. Les deux pavillons, de part et d'autre, étaient des petits temples circulaires. À l'intérieur du parc régnait une atmosphère d'irréalité. Ils avancèrent le long d'une allée bordée d'ormes qui semblaient suspendus dans l'air endormi comme de grands ballons verts. L'allée, bien qu'en parfait état, était légèrement teintée de vert mousse ; il était visible que peu de voitures empruntaient ce chemin.

« Sont-ce les abords du palais de la Belle au bois dormant ? murmura Jasper.

— Vous allez voir la maison du haut de la côte », dit Eugenia. Elle paraissait un peu inquiète, comme si elle espérait de tout son cœur qu'ils la trouveraient à leur goût. Elle n'avait pas d'inquiétude à se faire. La maison, quand elle apparut à leurs yeux, était une vision de rêve. Construite en marbre rose pâle dans le style palladien, elle était composée d'un dôme central flanqué de deux plus petits reliés au premier par des colonnades étincelantes. L'ensemble dominait l'allée, et un grand escalier de marbre en spirale en commandait l'entrée. Au-delà de l'édifice s'étendait un lac miroitant, et plus loin encore un jardin à la française avec buis taillés, pelouses et statues ; à l'arrière-plan du tableau se distinguait le bleu pâle mais éclatant d'un lointain paysage.

« Grands dieux ! s'exclama Jasper, quand il put recouvrer la parole.

— C'est beau, n'est-ce pas ? dit Eugenia. Pour moi c'est la plus belle maison du monde, mais il faut avouer que j'en connais très peu.

— Je n'en ai jamais vu aucune, dans aucun pays, qui la surpasse », dit Poppy.

Ils se dirigèrent lentement vers elle.

« Sous le régime social-unioniste, dit Jasper, votre Capitaine devrait faire adopter une loi stipulant que toutes ces belles demeures soient préservées et habitées. Une des caractéristiques les plus détestables de notre époque est de voir tant d'entre elles détruites, abandonnées ou, pis encore, laissées aux mains du prolétariat et transformées en boutiques de cartes postales ou baraques de marchands de glaces. C'est atroce. Ces demeures magnifiques devraient servir d'écrin à de très belles femmes, à leurs amants, voire à quelques enfants frêles et exquis. »

Eugenia le regarda d'un air réprobateur. « Sous notre régime, dit-elle, les femmes n'auront pas d'amants. Elles auront des maris et quantité d'enfants aryens, débordants de santé. Je crois que vous avez oublié les enseignements de notre Capitaine, Union Jackshirt Aspect. »

Poppy St Julien intervint : « Je n'y connais rien en politique, mais je suis sûre que Hitler doit être un homme merveilleux. N'a-t-il pas interdit aux femmes de travailler dans des bureaux et ne leur a-t-il pas dit qu'elles n'auraient plus jamais à se soucier de rien, sinon de l'arrangement des fleurs ? Comme elles doivent l'aimer.

— Elles l'aiment beaucoup, dit Eugenia. *Heil Hitler !* Cousine Poppy St Julien, il faut que vous deveniez membre des Union Jackshirts sans attendre. Cela coûte neuf pence par mois, la chemise Union Jack cinq shillings, et le petit insigne six pence. Voilà, nous y sommes. »

Vivian Jackson et Reichshund les suivirent jusqu'en haut de l'escalier de marbre en spirale, mais quand ils furent arrivés à la dernière marche, Eugenia les arrêta d'un mot, leur fit faire demi-tour et les fit redescendre. « Attendez là », dit-elle par-dessus son épaule, et elle entraîna Jasper et Poppy à l'intérieur d'une vaste pièce surmontée d'un dôme, si bleue qu'on se serait cru plongé dans quelque lagon méditerranéen.

À l'autre extrémité de cette immensité azur était assise lady Chalford, s'apprêtant à verser le thé contenu dans une élégante théière dorée. Elle ressemblait au portrait que Whistler avait peint de sa mère.

6

Si lady Chalford ressemblait à une relique d'un autre âge, à une antique pièce de musée, cela était moins dû au poids des ans qu'au fait que son langage, ses vêtements, son apparence étaient restés inchangés depuis l'avant-guerre. 1914 avait endeuillé sa vie alors qu'elle se trouvait encore dans la fleur de l'âge.

Cette calamité universelle, pourtant, n'avait que peu ou même rien à voir avec ce déclin, car elle était largement éclipsée à ses yeux par le désastreux mariage de son fils unique ; de même que, pour elle, sa mort, survenue en 1920 à la suite de blessures reçues à la veille de l'Armistice, était un désastre moins grand que son divorce. Que lord Malmains eût divorcé de sa femme ne faisait aucune différence pour ses parents : la honte était partagée, et dans les veines de l'héritière de leurs domaines et de leurs titres coulait le sang impur d'une femme adultère. Rien de tel ne s'était jamais produit dans la famille Malmains, pas la moindre ombre de déshonneur n'avait jamais terni à travers l'histoire les fiers visages qui aujourd'hui les contemplaient du haut des murs tendus de brocart rose de la galerie des portraits de lord Chalford.

Depuis le drame lady Chalford n'avait pas une seule fois franchi les grilles de son parc. Protégé par l'armure de sa totale surdité, lord Chalford avait, jusqu'à la récente attaque qui l'avait immobilisé, accompli ses devoirs de législateur avec une extrême ponctualité ; mais quand il était à Londres il séjournait toujours à son club, les splendeurs quasi irréelles de Malmains Palace, dans Cheyne Walk, étant à présent, depuis seize longues années, dissimulées aux yeux des humains, sauf à ceux du gardien.

Eugenia avait été confiée à ses grands-parents à l'âge de trois ans, après la mort de son père. Ils n'étaient jamais parvenus à pardonner la conduite de sa mère et regardaient la pauvre enfant avec une défiance que tempéra peu à peu, à mesure qu'elle grandissait, une sorte d'affection affligée. Heureusement, son apparence leur facilita les choses ; chez les Malmains les femmes étaient toutes de grandes déesses blondes, et sa beauté ne rappelait en rien celle de leur immorale belle-fille. À dix-sept ans, cependant, elle posait un problème que la pauvre lady Chalford tentait désespérément de résoudre. Que faire d'elle ? Il était impensable d'organiser à son intention une saison à Londres, aucune mère respectable ne pourrait inviter l'enfant du scandale, aucun jeune homme convenable ne la demanderait en mariage. (Lady Chalford, on peut l'imaginer, manifestait un certain pessimisme concernant l'attitude de la société londonienne moderne envers les héritières.) Et pourtant Eugenia devait se marier, Chalford House et la baronnie de Malmains dont elle hériterait un jour de son grand-père devant avoir un héritier.

Hantée nuit et jour par ces problèmes, lady Chalford s'était sentie obligée de questionner Eugenia au sujet des deux jeunes étrangers auxquels elle avait si imprudemment parlé sur la pelouse communale. S'il se fût agi de relations convenables pour cette enfant, ils auraient certainement attendu d'être présentés avant de s'adresser à une jeune lady, mais peut-être avaient-ils été conduits jusqu'à Chalford par le doigt d'une Providence prévoyante. Elle était disposée à croire que tel était le cas quand elle apprit que l'un d'eux était Mr Jasper Aspect, le petit-fils, s'assura-t-elle en consultant le *Debrett*, oui, on ne pouvait en douter, le petit-fils de son vieil ami Driburgh, et le fils de cette exquise petite lady Venetia. Son bonheur fut sans limite, enfin se présentait quelqu'un de son milieu, quelqu'un à qui elle pouvait s'adresser d'égale à égal. Ses pensées s'illuminèrent d'un coup : au cas où il voudrait épouser Eugenia, l'alliance était parfaitement convenable, car les Aspect, bien que loin d'être riches, étaient une vieille famille aux antécédents irréprochables.

Le plaisir éprouvé par lady Chalford à la pensée de rencontrer Jasper fut pourtant surpassé par celui qu'elle ressentit en découvrant l'identité de Poppy. Voilà un membre de sa propre famille, une femme mariée et une femme du monde de surcroît ; Poppy pourrait la conseiller sur les meilleures mesures à prendre pour assurer le futur bonheur de sa petite-fille. Elle-même pourrait aborder la question sans observer la retenue qui lui aurait été imposée dans une discussion avec un gentleman. Au début, en vérité, elle ne mesura pas sa chance. Elle était extrêmement irritée qu'Eugenia ait amené deux visiteurs quand un seul était attendu. Il manquait une tasse et une assiette, et il fallait une chaise supplémentaire. La réticence d'Eugenia à inviter Marjorie et Noel se comprenait à présent, lady Chalford était capable de faire tout un foin pour ce genre d'incident. Mais quand ils furent enfin installés, elle se déclara ravie de voir Poppy.

« La petite-fille d'Agatha, s'écria-t-elle en la serrant dans ses bras. Quand j'avais dix ans Agatha et moi étions inséparables. Je me souviens que nous avions des robes de lainage prune avec de beaux boutons de cuivre de la taille d'un penny, du haut en bas du corsage. Quand mon pauvre arrière-grand-oncle est mort, maman a ôté les boutons de cuivre de ma robe et j'en ai été très chagrinée, ayant espéré porter le deuil comme le faisaient les grandes personnes, et en outre j'aimais bien ces boutons – la robe n'avait pas grand intérêt sans eux. À dix-neuf ans Aggie était une ravissante jeune fille. Nous fréquentions les mêmes réceptions et tout le monde s'extasiait sur sa beauté. Je me souviendrai toujours d'elle le jour de son mariage. Ils étaient tous amoureux d'elle. Le pauvre Driburgh en était si follement épris que nous avons craint qu'il se suicide quand elle a épousé votre cher grand-père. Et à vingt-deux ans elle n'était plus de ce monde. Je me rappelle l'avoir appris une semaine après m'être moi-même fiancée et avoir senti mon bonheur s'envoler. Je me dis aujourd'hui qu'elle a peut-être eu de la chance de mourir si jeune, en pleine félicité. Je suis très heureuse que vous soyez venue me rendre visite, ma chère enfant. »

Poppy fut émue par cet hommage rendu à sa grand-mère, qui lui avait paru jusqu'alors un personnage extrêmement vague.

« Et je suis aussi enchantée de faire votre connaissance, Mr Aspect. Comment va ce pauvre cher Driburgh ?

— Je crois qu'il est parfaitement heureux, dit Jasper. Ma mère va souvent lui rendre visite.

— Bien sûr, Peersmont un endroit merveilleux », dit lady Chalford, faisant allusion à l'asile d'aliénés qui, comme son nom l'indique, était réservé exclusivement aux pairs du royaume ayant perdu la raison. « Je me demande souvent ce que nous deviendrions sans cet établissement ? Savoir que, dans leurs moments les plus douloureux, nos proches bien-aimés y sont parfaitement soignés est d'un grand réconfort. Vous savez, je présume, que ce n'est pas loin d'ici, il me semble que vous devriez aller rendre visite à votre cher grand-père. Je serai heureuse de mettre à votre disposition une de mes automobiles si vous le souhaitez. »

Jasper la remercia et lui assura qu'il serait ravi de profiter de son amabilité. Il se mit alors à poser quantité de questions sur Chalford House, mais dut se contenter de quelques vagues informations, lady Chalford à l'évidence ne prêtant pas plus attention aux charmes de l'endroit qu'à l'air qu'elle respirait.

Après le thé, cependant, voyant Jasper si intéressé par la maison, elle proposa à Eugenia de lui montrer les autres pièces et les tableaux, à condition d'être décemment chaperonnée par Nanny.

« J'aimerais avoir une petite conversation avec ma chère Poppy », dit-elle, et elle conduisit Mrs St Julien à l'étage, dans un petit boudoir de style édouardien. Il était rose et blanc, comme un gâteau glacé, avec des panneaux de satin rose recouvert de dentelle blanche. Il y avait deux *chaises longues** d'un confort exquis, tapissées de brocart blanc bordé de boutons de roses en soie, plusieurs petits fauteuils en satin rose, chacun muni d'un coussin bleu enrubanné, une quantité de petites tables d'appoint chargées d'albums, de photographies de dames aux immenses sourcils coiffées de canotiers, et un bric-à-brac défiant toute description. Poppy songea qu'elle n'avait jamais rien vu d'aussi ravissant et d'aussi féminin de toute sa vie.

Pendant la petite conversation qui suivit, lady Chalford déversa toutes ses inquiétudes concernant l'avenir d'Eugenia dans l'oreille attentive de Poppy. « Vous voyez la situation ma chère Poppy. Maintenant, que me conseilleriez-vous de faire de cette pauvre enfant ?

— Personnellement je serais encline à l'emmener à Londres, dit Poppy. Tout y a tellement changé depuis la guerre, les gens n'y sont plus aussi stricts qu'ils l'étaient.

— Ma chère, c'est peut-être le cas dans certains milieux, dit lady Chalford d'un air pincé. Parmi mes propres amis, cependant, et parmi les personnes que je souhaiterais la voir fréquenter, je suis convaincue que ma petite-fille ne serait jamais reçue. Et même si, par pitié ou par amitié pour moi, certains l'invitaient dans leur maison, cela me serait malgré tout pénible. Quel plaisir pourrait me procurer, par exemple, le fait de présenter l'enfant d'une femme divorcée à la cour ? Le scandale nous a pratiquement tués à l'époque, mon mari et moi-même ; si Eugenia faisait ses débuts à Londres il se rappellerait à nous en permanence. Pour commencer, nous n'avons jamais mis le pied à Malmains Palace depuis le dernier jour de cette terrible épreuve. Et pensez à l'angoisse que j'éprouverais à la chaperonner. Eugenia est la fille d'une femme mauvaise, perverse, ne l'oubliez jamais. Non, je vous assure qu'il me serait impossible de la voir aller à Londres. Mon seul souhait est qu'elle se marie aussi vite que possible. Mais avec qui ? Ce Mr Aspect, par exemple, quelles sont ses intentions à votre avis ?

— Oh, je suis certaine qu'il la considère comme une enfant, dit Poppy. Elle est si jeune, n'est-ce pas, elle est même jeune pour son âge. Je ne la marierais pas tout de suite, lady Chalford. Je pense que ce serait une erreur, si je peux m'exprimer ainsi. Pourquoi ne donnez-vous pas une réception pour elle ? Une garden-party, par exemple, peut-être même un bal, plus tard, à l'automne. Il doit y avoir de charmants jeunes gens dans les environs. »

Lady Chalford réfléchit un moment et dit : « Cela me semble une perspective intéressante, ma chère Poppy. Je vais en parler dès ce soir à mon mari et, s'il est d'accord, nous donnerons une garden-party pour cette petite le mois prochain. Maintenant vous devez me promettre de rester ici pour m'aider, ma chère Poppy. Je n'ai pas donné de réception depuis des années, et il faut que celle-ci soit réussie. La chère Aggie avait un talent particulier pour organiser des pique-niques et autres réjouissances ; je me souviens comme si c'était hier d'une merveilleuse excursion qu'elle avait organisée jusqu'à une fontaine porte-bonheur, quand je m'étais mis en tête d'épouser le beau Mr Howard. – J'étais très jeune à l'époque. – Mais j'avais parlé de mon vœu à Effie Cholmondely, et naturellement il n'a jamais été exaucé. Puis il y avait toujours les représentations théâtrales des fêtes de Noël. Que penseriez-vous de combiner quelque chose de cette sorte avec notre garden-party ? Une reconstitution historique, par exemple – on me dit qu'elles sont très populaires de nos jours. Et vous les jeunes pourriez y participer.

— C'est une excellente idée, dit Poppy.

— Très bien, nous allons voir ce que l'on peut mettre sur pied. À propos, où est votre mari, ma chère ? »

Poppy préféra répondre qu'il était retenu à Londres par ses affaires, mais qu'elle espérait qu'il la rejoindrait au Jolly Roger dans quelques jours.

« Mon amie, Marjorie Merrith, est ici avec sa femme de chambre, continua-t-elle, certaine que lady Chalford ne lisait pas les quotidiens.

— Ah oui, dit cette dernière, demandez-lui de venir me voir un de ces jours. Ce pauvre cher Puggie, son père, était un grand ami de mon cher Malmains. Mais, ma chère enfant, n'est-il pas un peu aventureux pour deux jeunes femmes de séjourner ainsi toutes seules dans une auberge de campagne ? Bien sûr, je sais que le Jolly Roger est un endroit tout à fait respectable, mais tout de même, je ne pense pas que ce soit très convenable. Ne préféreriez-vous pas vous installer ici en attendant l'arrivée de votre mari ? »

Poppy, ayant décidé en son for intérieur que la liberté était préférable au confort, trouva une excuse que lady Chalford accepta de bonne grâce. Peu après, leur visite de la maison terminée, Jasper et Eugenia apparurent.

« Je pense que nous devrions rentrer à présent », dit Poppy.

Après leur départ, lady Chalford se rendit dans la chambre de son mari, et hurlant dans son cornet acoustique l'informa que Poppy était une enfant charmante avec une superbe bouche rouge qui lui rappelait tellement la chère Aggie. « Je crains seulement, dit-elle, qu'elle fasse fi des conventions dans certaines de ses habitudes. Elle est visiblement rentrée à pied seule avec ce jeune Mr Aspect. Je me demande si je dois vraiment encourager Eugenia à se lier d'amitié avec elle. » Lord Chalford ne fit aucun commentaire. Il reposait, comme à son habitude, sur le dos, contemplant le superbe haut plafond de stuc au-dessus de son lit. Lady Chalford le consultait invariablement avant de prendre la moindre décision.

« Après tout, poursuivit-elle, peut-être ne devrais-je pas l'inviter à nouveau ici, peut-être devrais-je renoncer à ce projet de garden-party et de spectacle. »

Elle soupira, consciente qu'une telle décision la dépassait. Maintenant qu'il avait fait son apparition, ce jeune et joyeux visage devait souvent se montrer à Chalford House. Il avait apporté un bonheur dans sa vie qu'elle n'avait pas connu depuis seize ans, le bonheur de parler sans entrave, longuement et tranquillement avec une autre femme.

Eugenia raccompagna ses amis jusqu'au Jolly Roger. Ses fidèles animaux suivaient.

Poppy dit : « Votre grand-mère est un ange.

— C'est vrai, dit Eugenia. J'ai beaucoup d'affection pour cette vieille femme, mais je ne puis oublier qu'elle s'est mal occupée de moi. Elle ne voulait pas que j'aille à l'école, vous comprenez, et le résultat est que je ne sais pratiquement pas un mot de grec. J'ai réussi à apprendre le latin avec le pasteur de Rackenbridge, mais seulement après avoir fait une scène épouvantable. Elle ne voulait pas en entendre parler.

— Je ne pense pas que vous auriez appris beaucoup de grec à l'école, à en juger par le total analphabétisme des filles de ma connaissance qui l'ont fréquentée, dit Jasper.

— Ensuite j'ai voulu partir en Allemagne étudier le national-socialisme, mais elle s'y est également opposée. Elle est exaspérante, la pauvre vieille. »

Poppy leur parla du projet de garden-party, et de l'idée de lady Chalford d'organiser par la même occasion un spectacle historique, ce qui plongea Eugenia dans un état d'extrême excitation.

« Ne comprenez-vous pas, s'écria-t-elle, que ce serait une occasion exceptionnelle d'avoir un grand rally social-unioniste. Tous les camarades – je veux dire, tous les camarades Union Jackshirts – à des milles alentour, pourraient tenir un rôle dans le spectacle et nous aider à bien des égards ; ils seraient ravis. Puis nous pourrions faire payer les gens pour assister au spectacle et gagner ainsi beaucoup d'argent pour notre fonds.

— Ce n'était pas exactement l'idée de votre grand-mère, vous savez, dit Poppy d'un air dubitatif.

— Non, bien sûr, mais il n'y a aucune raison pour que LPVC s'en aperçoive, elle est très facile à duper d'une certaine façon. Je suis sûre que les camarades seront contents. Union Jackshirt Aspect, je compte sur votre soutien dans cette affaire.

— Vous l'aurez », dit Jasper.

Dans le jardin du Jolly Roger ils trouvèrent Noel qui, en compagnie de Mrs Lace, attendait leur arrivée, l'air maussade. Il eût préféré garder sa nouvelle conquête pour lui un peu plus longtemps, mais Mrs Lace lui avait soutiré les véritables identités de miss Jones et de miss Smith, et avait insisté pour les rencontrer. Lady Marjorie, pour sa part, se reposait encore sur son lit.

Les présentations faites, Mrs Lace se montra exubérante envers Poppy et ondula des hanches à l'intention de Jasper, d'une manière particulièrement suggestive, au grand dam du pauvre Noel. À ses yeux Eugenia n'était bien sûr qu'une enfant, qui ne méritait pas qu'on s'intéresse à elle. Jasper la trouva sur-le-champ antipathique et continua à discuter du spectacle avec Poppy comme s'ils étaient tous les deux seuls.

« Un spectacle historique ? s'écria Mrs Lace quand elle eut saisi de quoi ils parlaient après avoir surpris leur conversation. À Chalford Park ? Mais c'est inouï. Personne dans les environs n'a jamais vu Chalford Park depuis le div... depuis des années et des années, corrigea-t-elle en regardant Eugenia.

« Moi-même je ne l'ai jamais vu bien que j'habite à proximité. C'est tellement excitant. Il faut que vous me donniez un rôle dans le spectacle, ajouta-t-elle d'un ton espiègle, parce que j'ai pris des cours de comédie à Paris, savez-vous, avec la grande Bernhardt.

— Le gros derrière », dit Jasper à Poppy en aparté sans baisser le ton.

Les autres estimèrent qu'il était allé trop loin et Poppy, qui était une gentille nature, dit aussitôt que Mrs Lace devrait bien sûr avoir le rôle principal.

« Laissez-moi aussi m'occuper des costumes, poursuivit Mrs Lace, coulant un regard vers Jasper, je pourrai facilement les confectionner avec ma nourrice en utilisant la machine à coudre, et il y a une très bonne couturière à Rackenbridge. Elle travaillera sans doute à un prix raisonnable s'il s'agit d'une manifestation de bienfaisance. Je suis sûre que Mr Aspect pourrait nous dessiner quelques jolies robes.

— Vous me prenez pour quoi au juste ? s'indigna Jasper. Un couturier pédé ? » En rabrouant ainsi Mrs Lace, Jasper s'imaginait rembourser Noel pour son soutien, sans peut-être se rendre compte que Mrs Lace était le genre de femme qui adore recevoir des coups.

« Si vous avez besoin d'acteurs pour figurer des scènes de foule et autres, je peux faire appel à l'Institut des femmes et vous mettre en contact avec une quantité de gens », continua-t-elle, sans se laisser démonter.

Il était à présent manifeste que Mrs Lace faisait partie de ces personnes dont la vitalité, bien qu'irritante, est parfois indispensable. Poppy et Jasper le reconnurent, même s'ils le déploraient. Noel était saisi d'une sorte de transe admirative.

« Bon, dit Mrs Lace, nous devons réfléchir tous ensemble et décider quelle période ce spectacle devra représenter.

— Une représentation du social-unionisme, avança aussitôt Eugenia, la marche sur Rome, la mort de Horst Wessel, l'incendie du Reichstag, l'élection du président Roosevelt.

— Très intéressant, mais c'est quelque peu ésotérique, non ? » dit Jasper.

Mrs Lace jeta un regard méprisant à Eugenia. « Les spectacles, dit-elle, doivent être historiques. Je propose donc la visite à Chalford de Charles Ier et d'Henriette Marie – qui a vraiment eu lieu, vous savez. Ils sont venus à l'Old Manor de Chalford, une parfaite petite ruine Tudor à la lisière du parc. »

Jasper fit observer qu'une ruine parfaite était une contradiction en soi.

Eugenia ne voulut pas entendre parler de Charles Ier. « On ne peut avoir Charles et Henriette Marie à un rassemblement social-unioniste, dit-elle. Cromwell et Mrs Cromwell, si vous voulez – le premier Anglais qui ait eu une vision politique juste.

— Personne n'a jamais entendu parler de l'apparition de Mrs Cromwell dans un spectacle historique, dit Noel. Ce serait parfaitement absurde. Pour l'amour du ciel choisissez les personnages habituels de ce genre de représentations – Édouard Ier, Florence Nightingale, la bonne reine Bess, Hengist et Horsa, la fille orange d'Old Drury, William Rufus, sir Philip Sidney, ou Rowena, sinon vous allez sombrer dans une terrible confusion.

— Oh ! Je ne suis pas du tout de votre avis, dit Mrs Lace, espérant ainsi s'attirer les faveurs de Jasper. Soyons originaux en toute circonstance. »

Voyant que la discussion menaçait de tourner à l'aigre, Poppy y mit fin en rappelant aux autres que l'idée d'un spectacle historique provenait de lady Chalford, et que la moindre des politesses serait de lui laisser le choix de son époque. Eugenia déclara qu'elle devait rentrer chez elle si elle ne voulait pas que LPVC découvre qu'elle était partie à Chalford avec les autres. « *Heil Hitler !* » cria-t-elle et, se hissant sur Vivian Jackson, elle partit au galop.

« La pauvre gosse, elle est assommante avec son Mouvement ridicule, dit Mrs Lace d'un ton acerbe.

— Oh, ma chère, je suis d'un avis contraire, dit Jasper. Personnellement, je n'imagine pas jeune fille plus fascinante. Si toutes les débutantes lui ressemblaient je ne quitterais pas Pond Street de tout l'été.

— Et ces horribles vêtements, dit Mrs Lace avec aigreur.

— Vraiment ? Cela ne m'a pas frappé. En face d'une beauté aussi stupéfiante, je suppose que de petits détails de ce genre m'échappent.

— Et toutes ces absurdités sur le social-unionisme.

— Absurdités, dites-vous ? s'écria Jasper. Peut-être ignorez-vous, madame, que le social-unionisme progresse irrésistiblement à travers le monde comme l'a fait le libéralisme au dix-huitième siècle. Il s'agit pour vous d'absurdités – en dépit du fait que des millions de gens s'inclinent joyeusement devant son emprise ? À présent, je vous en prie, attaquons-nous aux principes du social-unionisme d'un point de vue rationnel. »

Mrs Lace ne chercha pas refuge dans le silence comme l'aurait fait une femme de moindre caractère. Elle rejeta la tête en arrière et déclara que lorsque des gamines comme Eugenia s'entichent de quelque chose, on peut être sûr qu'il s'agit d'une absurdité.

« Je crains de ne pas suivre votre raisonnement. Au contraire, je pense qu'Eugenia appartient à une nouvelle génération grâce à laquelle les vieux croûtons comme vous et moi pourront finir leurs jours dans un monde nouveau, meilleur et plus propre. » À ces mots, Mrs Lace se crispa, mais revint courageusement à l'assaut. « Je suis sûre que nous sommes parfaitement heureux tels que nous sommes. Pourquoi voulez-vous tout changer au gouvernement de ce pays ?

— Ma très chère Mrs Lace, vous avez certainement fréquenté le député conservateur local. Le capitaine Chadlington, si je ne m'abuse, a l'honneur de représenter cette partie du monde – et jamais la Terre n'a engendré pareil crétin congénital. »

L'allégation ne déplut pas à Mrs Lace. Le capitaine Chadlington et son épouse, lady Brenda, constituaient un sommet de l'ambition locale qu'elle avait récemment vaincu.

« Bon, dit-elle, et alors ?

— Je suppose que le pauvre idiot vous a affirmé que nous étions parfaitement satisfaits de l'état actuel des choses. Satisfaits, on peut le dire en vérité ! Je ne vous demande pas de regarder les chiffres du chômage qui sont bien connus. Je souligne plutôt le manque de génie que l'on constate dans ce pays, qu'il soit politique, artistique ou littéraire. Je dénonce avec mépris nos millionnaires, qui, n'osant profiter de leur richesse, se terrent dans leurs vieux cottages, espérant que personne ne soupçonnera qu'ils sont riches ; je dénonce le citadin accroché à son magot mal acquis dans l'espoir d'atteindre son but dérisoire, incapable de s'intéresser à autre chose qu'aux cours de la Bourse ou au golf ; je dénonce les aristocrates qui, comme Eugenia le dit à juste titre, préfèrent le confort d'un appartement de luxe aux épreuves de la vie sur leurs terres ; je dénonce les minables adultères, dénués de passion, auxquels s'adonnent toutes les classes de la société, et le pacifisme peureux qui semble la caractéristique de notre époque. Rien d'exaltant, rien d'individuel, rien qui pourrait laisser supposer que les Anglais furent jadis un peuple noble, brave, joyeux et excentrique. Aussi dis-je que nous avons besoin d'un esprit nouveau dans ce pays, d'une nouvelle civilisation, et c'est vers les Eugenia de ce monde que je me tourne et c'est d'elles que j'attends le salut. Peut-être cet esprit nouveau s'appelle-t-il social-unionisme, de toute manière ne laissons passer aucune opportunité. Notre besoin est crucial, nous devons saluer tout mouvement qui pourrait ranimer la vitalité dans cette nation avant qu'il ne soit trop tard, tout ce qui peut nous tirer de cette indigence paralysante, mentale et morale, dont nous souffrons tant aujourd'hui. L'Allemagne et l'Italie ont été sauvées par le national-socialisme ; l'Angleterre pourrait l'être par le social-unionisme, qui sait ? C'est pourquoi je dis "*Heil Hitler !*", "*Viva il Duce !*" et miss ! – miss, j'aimerais avoir une autre bière, s'il vous plaît. »

7

Lady Marjorie Meredith se laissa aller dans la baignoire étrangement disposée au milieu de la pièce et couvrit ses doux bras blancs d'une mousseline de savon.

« Admets que c'est particulièrement irritant de leur part, dit-elle à Poppy qui, fidèle à son rôle de confidente, était juchée sur une chaise à côté de la baignoire. Après tout, j'ai spécifiquement demandé dans mes deux lettres que toute communication soit transmise par ma banque, et en outre ils auraient facilement pu trouver où nous sommes s'ils l'avaient voulu. Je pense vraiment qu'ils pourraient se manifester d'une manière ou d'une autre – ils me compliquent la vie. Que vais-je faire désormais ?

— En vérité, ma chérie, tu dois décider par toi-même. Tout dépend de savoir si tu veux épouser Osborne ou non – que décides-tu ? »

Exaspérée, Marjorie déclara qu'elle ne savait pas. « Je me suis enfuie pour trouver l'amour, continua-t-elle avec colère, et je n'ai trouvé que cette baignoire dégoûtante.

— Eh bien, j'ignore à quoi tu t'attendais. Deux jeunes gens tout à fait présentables résident dans cet hôtel, c'est plus que tu n'aurais pu l'espérer.

— Ils ne me plaisent pas.

— Je ne comprendrai jamais comment tu as pu renoncer à cette fabuleuse robe de mariée.

— Oh, tu sais, je pense que la mode sera beaucoup plus seyante l'hiver prochain. À ton avis, que fait ma pauvre maman des cadeaux ?

— Elle les garde, naturellement. Après tout, la rupture de tes fiançailles n'a pas été publiée dans le *Times*, souviens-toi ; tu as la scarlatine. Je dois dire que je tire mon chapeau à ta mère pour avoir eu cette idée, la scarlatine dure six semaines comme tu sais, et à la fin de cette période, si tu le veux, tu pourras rompre tes fiançailles sans causer le plus petit scandale. Les gens sont beaucoup trop occupés à parader à Venise à cette époque de l'année pour penser à tes affaires de cœur. Le duc cherche visiblement à temporiser ; tu n'auras pas à te décider avant que les trains sanitaires commencent à envahir Victoria au retour des vacances.

— Oui, mais que faire maintenant », dit lady Marjorie en rajoutant de l'eau chaude. Elle hurla pour se faire entendre : « Je ne peux pas rester dans ce trou à rats tout l'été.

— Pourquoi pas ?

— Ce n'est pas tout à fait mon style, chérie.

— À la réflexion, cette auberge n'est pas inconfortable, et tu ne manquerais pas de trouver la vie locale fort divertissante si tu y participais davantage.

— Je ne vois pas comment. Personne parmi ces gens ne me plaît, excepté, naturellement, Eugenia.

— Déteste-les alors. Cela te fera du bien. Tu n'as jamais détesté personne de ta vie, ni aimé qui que ce soit d'ailleurs. Tu ignores ce que signifie une véritable émotion, et c'est pourquoi tu n'arrives pas à te décider au sujet du duc.

— Je t'aime, dit lady Marjorie.

— Bon, c'est peut-être vrai, dit Poppy, tu n'es pas foncièrement mauvaise de nature, chérie, mais ton éducation et ton environnement, jusqu'à présent, ont été déplorables. Je n'ai jamais connu quelqu'un d'aussi mal adapté aux contingences ordinaires de la vie – en particulier à ses aspects émotionnels.

— Épouserais-tu Osborne ?

— Je te l'ai dit cent fois. Ces vagues élans romantiques ne sont bénéfiques pour personne, encore moins pour toi, ce n'est pas comme si tu avais une vraie raison de rompre. À ta place je rentrerais directement à la maison et je dirais que je regrette.

— Je n'ai pas voulu dire l'épouserais-tu si tu étais à ma place, mais l'épouserais-tu s'il s'agissait de toi ?

— Eh bien, je crois que oui. C'est un duc, et j'aurais une tiare de diamants, très chouette.

— Mais s'il n'était pas duc ?

— Ma chère Marge, le fait est qu'il est duc. On ne peut séparer les gens de leur statut comme ça. Tu pourrais aussi bien dire si George Robey n'était pas un acteur, ou si Hitler n'était pas le Führer. Ils ne seraient ni George Robey ni Hitler, un point c'est tout.

— En effet, je suppose qu'ils ne le seraient pas. Donc nous restons, n'est-ce pas ?

— Oh, oui, restons ! Je t'assure que ce village est un endroit très intéressant ces temps-ci. En outre, mon petit flirt avec Mr Aspect me plaît beaucoup.

— Poppy ?

— Mmm.

— Es-tu toujours amoureuse d'Anthony ?

— Oh – amoureuse. Je ne sais pas vraiment. Je suis très fâchée contre lui en ce moment, mais quant à l'amour…

— Crois-tu qu'il veuille épouser cette fille ?

— Dieu sait ce que veut Anthony. S'il ne l'épouse pas je te promets que dans quelques mois il me mangera à nouveau dans la main. Il revient toujours la tête basse vers moi après ces petites escapades. Mais cette fois je ne suis pas certaine de le reprendre. Au fond, je pense qu'une rupture définitive serait préférable. J'ai parfois l'impression de ne pas pouvoir supporter cette situation plus longtemps. Tu vois, supposons qu'il revienne à nouveau, plein de remords, suave comme il sait l'être, les vieilles habitudes reprendront le dessus avant longtemps. Au début de la nouvelle saison, dirais-je, il va s'amouracher d'une affreuse petite débutante, et elle sera fourrée à la maison matin, midi et soir, avec moi dans les parages, servant de respectable chaperon. La fille me détestera, parce que la pauvre dinde croira que je suis le seul obstacle à son bonheur éternel, et son bavardage stupide me plongera dans des abîmes d'ennui. Si seulement il les choisissait d'un commerce plus agréable, peut-être pourrais-je le supporter, ou s'il avait une liaison normale avec une femme mariée, chez elle – ces petites aventures sentimentales avec des gamines dans ma propre maison sont trop humiliantes. Vraiment, à la réflexion, j'en ai par-dessus la tête d'Anthony St Julien.

— Ma pauvre chérie. Et tu es toujours amoureuse de lui, n'est-ce pas ? dit lady Marjorie, émergeant lentement de son bain pour s'envelopper dans la serviette que lui tendait Poppy.

— Il me semble que oui, en effet. J'ai l'habitude d'être amoureuse de lui et tu sais combien il est difficile de rompre avec les habitudes. »

Pendant ce temps, assis au bar, Jasper et Noel buvaient une bière qui, croyaient-ils naïvement, les mettrait en appétit pour le rôti de bœuf dont l'odeur alléchante flottait dans le couloir, l'escalier et le palier du Jolly Roger.

« Jasper, vieux frère, dit Noel, qui était d'une humeur particulièrement joyeuse, je pense sincèrement que tu aurais pu être plus aimable avec Anne-Marie. Elle a été horriblement choquée lorsque tu l'as attaquée à propos du social-unionisme l'autre jour. Je lui ai dit que tu ne pensais pas un mot de ce que tu disais, mais que tu étais toujours prêt à défendre un point de vue pour le simple plaisir d'argumenter.

— Et ce n'est pas entièrement vrai, pourtant. Je crois une bonne partie de ce que j'ai dit, et si j'avais le moins du monde le goût de la politique, ce qui n'est pas le cas, j'adhérerais certainement au mouvement social-unioniste.

— C'est déjà fait, vieux frère.

— Magnifique, c'est donc fait. Pour toi aussi. Charmante petite, Eugenia. Au fait, tu ne sembles pas beaucoup progresser avec ta future épouse ?

— J'ai décidé qu'Eugenia pouvait attendre, dit Noel d'un ton négligent. Elle ne me paraît pas prête à se marier pour le moment, quelques mois de plus ou de moins ne feront pas une grande différence, et de toute façon je suis amoureux fou d'Anne-Marie. Tu ne trouves pas qu'elle est d'une beauté exquise ?

— Elle n'est pas mal, dit Jasper. Trop peste à mon goût, cependant. Et pourquoi cette robe du soir à l'heure du thé ?

— Ce n'était pas une robe du soir, imbécile. C'était une petite robe de plage.

— Eh bien, je te signale que nous sommes à au moins cent milles de la plage la plus proche.

— Tu n'as pas l'air de comprendre, Jasper. La malheureuse enfant n'a jamais de distractions, elle ne va jamais à Venise ni dans le sud de la France, comme les autres jeunes femmes de son âge. Alors, pour donner l'impression que sa vie est plus intéressante, elle doit jouer un rôle en permanence, la pauvre chérie.

— Tu veux dire, comme Mrs Thompson[1] ?

— J'ai envie de l'emmener à Cannes la semaine prochaine.

— Mon cher garçon, pour l'amour du ciel, ne perds pas la tête. Il y a un mari, souviens-toi.

— Tu n'as pas besoin de me le rappeler, dit Noel d'un air maussade. Et d'après ce que j'ai appris, c'est le genre à divorcer, en plus. Ce doit être un parfait salaud. Pauvre petite Anne-Marie, tu n'imagines pas ce que cette enfant doit supporter.

— Oh, écoute, tu as largement de quoi te distraire ici. Pense seulement au spectacle, à la garden-party, et au rassemblement du social-unionisme, ça va être follement amusant. Par-dessus le marché, tu pourras

1. *Mrs Thompson Goes Shopping*, poème de Martin Armstrong (1921). (*N.d.T.*)

garder l'œil sur Eugenia, ce qui me semble être un élément de première importance de ton point de vue, pas vrai ?

« Dis donc, mon vieux, ajouta-t-il, se levant à demi de son siège pour regarder par la fenêtre, viens par ici et vise un peu ces deux types. » Noel lui obéit sans montrer grand intérêt. Deux hommes très ordinaires en veste de tweed et pantalon de flanelle grise se tenaient devant le Jolly Roger. Le chasseur déchargeait deux valises d'une voiture de location et les portait dans le hall.

« Ce pub va bientôt grouiller de monde, fit remarquer Noel d'un ton excédé.

— Des détectives privés, dit Jasper.

— Bon sang ! Jasper, tu crois vraiment ?

— Je le sais.

— Comment ?

— Primo à cause de leur apparence. Personne n'a l'air aussi manifestement ordinaire qu'un détective privé. Secundo, je suis à peu près certain que celui de gauche est le type qui filait la pauvre petite Marigold. Elle était devenue très copine avec lui au bout d'un moment, lui permettait d'entretenir un brasero à l'intérieur des grilles de son jardin quand il faisait trop mauvais, et elle avait promis de ne pas sortir de chez elle le jour de Noël pour qu'il puisse le passer avec ses gosses. Il avait fini par s'attacher à elle.

— Après qui en ont-ils ?

— Voilà ce que je propose de découvrir, c'est très important, car ce pourrait être n'importe lequel d'entre nous.

— Je ne comprends pas pour quelle raison.

— Écoute, vieux frère, réfléchis un instant à la situation. Le major Lace, pour commencer par toi, peut très bien être jaloux ; il serait normal de la part de Mr St Julien de se demander ce qu'est venue faire sa femme dans cet endroit improbable ; le duc de Dartford aimerait sans doute savoir ce que lady Marjorie fabrique ici, et il n'est pas totalement impossible que mon oncle Bradenham commence à se douter de l'origine de certaines lettres de chantage qu'il reçoit de temps en temps – seulement quand je suis à la côte, naturellement, et de toute façon le vieux grippe-sou devrait me verser une pension décente.

— C'est épouvantable, dit Noel. Qu'allons-nous faire ?

— Je vais convoquer les filles, les prévenir de l'arrivée de ces types et imaginer un plan d'action. »

Jasper fit porter un billet à Poppy par le chasseur, qui avait fini de s'occuper des bagages. Il lui demandait ainsi qu'à lady Marjorie de les rejoindre au bar dès qu'elles seraient levées et habillées.

« Tu devrais venir avec moi, Marge, dit Poppy, voyant son amie rechigner. Je te l'ai déjà dit, il faut que tu t'intègres à la vie locale si tu ne veux pas périr d'ennui.

— Je vais probablement me montrer désagréable avec Mr Aspect.

— C'est sans importance, il est capable de te rendre la pareille. Ne t'inquiète pas pour lui. »

« Bonjour, dit Jasper quand elles pénétrèrent dans le bar quelques minutes plus tard. Ce sera quoi pour vous ?

— Comment ça, quoi ? dit lady Marjorie.

— Je voulais dire qu'ayant le plaisir inattendu de votre compagnie, ma chère lady – vous devez manquer de crème faciale, je présume ? –, que pourrions-nous vous offrir en guise de boisson ? Vous êtes si rarement en position verticale ces jours-ci qu'un support alcoolique, j'imagine, doit vous être nécessaire quand vous l'êtes.

— Merci, dit froidement lady Marjorie. On m'a appris que boire entre les repas était une habitude très bourgeoise.

— Je vois, vous préférez vous piquer le nez dans une salle à manger, sans doute ? Et pour vous, miss Smith ? »

Poppy dit qu'elle prendrait volontiers un verre de xerès, et Jasper attendit qu'elle soit servie pour les mettre au courant.

« Le problème, dit-il, est qu'ils peuvent rechercher n'importe lequel d'entre nous, et il serait bon de savoir qui. Le plus tôt serait le mieux, en fait, et nous devons donc imaginer une petite coopération intelligente. Je suggère qu'après le déjeuner miss Smith ici présente, Noel et moi-même partions faire une longue marche dans des directions différentes. Lady Marjorie ayant perdu, semble-t-il, l'usage de ses jambes, elle ferait mieux de tartiner son visage de crème Pond's et de retrouver l'horizontalité. Il se trouve que les détectives se comportent toujours d'une manière pathétiquement prévisible, et quel que soit celui ou celle d'entre nous qu'ils recherchent, vous pouvez être sûrs qu'il sera pris en filature. Vous pouvez accélérer le pas, être un marcheur infatigable, il vous sera impossible de les semer. Au contraire, s'ils restent dans les parages, il est inutile de nous inquiéter. Cela voudra seulement dire que le vieux Dartford garde l'œil sur ces brosses à cheveux ornées d'or et de diamants, et le reste.

— Comment osez-vous pénétrer dans ma chambre ? dit lady Marjorie, d'un ton glacial.

— Ma chère amie, je n'ai pas eu besoin d'y pénétrer. Il se trouve que la porte était grande ouverte, et j'ai été pratiquement aveuglé par un éclat de pierreries provenant de votre coiffeuse. J'ai failli en tomber à la renverse en bas de l'escalier. »

Poppy pouffa.

Lady Marjorie lui lança un regard de reproche et dit : « Je pense que vous êtes un jeune homme grossier et mal élevé, Mr Aspect, et toutes ces absurdités à propos de détectives sont purement infantiles. » Sur ce, elle quitta le bar.

« C'est parfait, dit Jasper. Nous pouvons être certains qu'elle restera sans bouger tout l'après-midi – prêtez-lui votre crème faciale, miss Smith, au cas où elle en manquerait, voulez-vous ? Et en ce qui vous concerne, êtes-vous d'accord avec mon plan ? »

Poppy déclara que toute cette histoire ressemblait à du Phillips Oppenheim[1], mais elle supposait que cela ne pouvait faire de mal à personne.

Après en avoir longuement discuté, ils décidèrent que Jasper irait flâner dans les environs de Comberry Manor vers quatre heures de l'après-midi et rendrait visite à Mrs Lace.

Poppy avait déjà promis d'aller prendre le thé avec lady Chalford afin de discuter de la garden-party et

1. Écrivain anglais (1866-1946), auteur de romans d'espionnage et de thrillers. (*N.d.T.*)

du spectacle, et elle se tiendrait à ce plan. Ce qui permettrait à Noel d'attendre Eugenia, qui serait devant le marchand des barres à deux pence comme d'habitude.

« Le bon sens exige que nous commencions par dissiper tout soupçon éventuel afin de voir ensuite comment tournent les choses, dit Jasper. Par exemple, si je me rends à Comberry Manor, ils seront mis sur une fausse piste en ce qui concerne Noel et Mrs Lace…

— Mais il n'y a rien entre nous, l'interrompit Noel. Je n'ai vu Mrs Lace que deux ou trois fois dans ma vie.

— D'accord mais tu es fou de cette femme, et tu as l'intention de la voir beaucoup plus souvent à l'avenir. Dans une semaine, qui sait ce qui sera arrivé, hein, vieille branche ? Poursuivons : miss Smith, sans éveiller le moindre soupçon, peut aller rendre visite à sa cousine au troisième ou quatrième degré, que sais-je, de même que Noel peut sans danger fumer sa pipe sur la pelouse communale, ou lady Marjorie continuer sa quête virginale de la beauté, une quête à laquelle, c'est de notoriété publique, elle se consacre assidûment. Je considère, mesdames et messieurs, qu'il est pour nous de la plus haute importance de découvrir sur quelle piste ces types sont lancés. Une fois que nous le saurons, nous serons à même de contrarier leurs plans l'un après l'autre. »

8

Ce fut une nouvelle journée étouffante, le ciel était indigo, les ombres noires sous les arbres. Pas un chant d'oiseau, le paysage tremblotait. Poppy marchait vers Chalford House, l'esprit joyeux. Elle était à son mieux par ce temps, la chaleur lui convenait et elle débordait d'énergie. C'était le premier été qu'elle passait en Angleterre depuis plusieurs années et elle songeait que nulle part ailleurs elle n'avait vu de si belles journées. Le petit boqueteau que traversait l'allée après le pavillon de l'entrée était très sombre et sentait délicieusement l'humus et l'écorce tiède des arbres. Chalford House, dans la vapeur dansante de la brume de chaleur, ressemblait à trois énormes perles roses posées sur un coussin de velours vert. Eugenia surgit soudain dans le tableau, montée sur un Vivian Jackson ensommeillé, partant sans doute à la recherche de ses barres à deux pence.

« LPVC vous attend, cria-t-elle. Salut et adieu, cousine Poppy St Julien.

— Salut et adieu, Eugenia », dit Poppy en souriant. Un instant plus tard elle se retourna et cria : « Noel vous attend sur la pelouse communale. »

Lady Chalford l'accueillit avec une cordialité presque touchante. « Chère enfant, s'écria-t-elle, j'ai beaucoup pensé à vous depuis mardi – votre venue à Chalford est pour moi un vrai bonheur. En réalité, je n'ai pas revu un seul des membres de ma famille depuis notre tragédie – il y a seize ans. Vous avez sûrement une quantité de nouvelles à m'annoncer – et pour commencer, comment se porte votre chère mère ? »

Poppy dit que sa chère mère se portait bien. Elle ne mentionna pas le fait regrettable qu'elles ne se parlaient plus depuis le mariage de Poppy avec Anthony St Julien. Lady Chalford entreprit alors de s'enquérir d'innombrables parents collatéraux, mentionnant oncles, tantes et cousins dont Poppy, dans bien des cas, ignorait presque l'existence.

« Ma chère enfant, dit lady Chalford, lorsque Poppy se montra incapable de l'éclairer sur la santé, le bonheur, voire le lieu où habitaient deux cousins de son propre père, vous semblez, en ce qui concerne la famille, tristement *décousue**, si je puis m'exprimer ainsi. »

La vieille dame avait manifestement en tête un vaste arbre généalogique, pas une seule naissance, pas un seul décès ou mariage touchant ses parents les plus éloignés ne semblait avoir échappé à son attention. Poppy jugea désolant que son extraordinaire préjugé contre une éventualité aussi normale qu'un divorce l'ait poussée à se couper du monde à jamais. C'était à l'évidence une femme dotée d'une capacité inhabituelle d'affection et d'attention envers autrui.

Elles commencèrent à parler de la garden-party, lady Chalford exhibant la liste des voisins qui avaient été invités au bal d'entrée dans le monde de son fils en 1912. « Je présume qu'elle est quelque peu périmée aujourd'hui, dit-elle en souriant. Il serait bon que je la remette à jour avant d'envoyer les invitations. Ce n'est pas d'une grande urgence. » Elle suggéra alors une date éloignée d'environ trois semaines. « Cela vous laissera-t-il suffisamment de temps pour organiser un petit spectacle historique, ma chère ?

— Oh oui, dit Poppy, si nous nous y mettons sans tarder. Voudriez-vous choisir un thème ? Dès que nous serons fixés, nous pourrons commencer.

— J'y pensais avant votre arrivée, dit lady Chalford. On sait que deux monarques et leurs épouses sont passés à Chalford, nous sommes donc à même de reproduire l'histoire dans sa réalité. Il s'agit de Charles Ier et de son épouse Henriette Marie, qui sont venus en visite à l'Old Manor, et de George III et la reine Charlotte. Ils se sont rendus à Chalford House une fois sa construction terminée, et pour cette raison je serais quant à moi tentée de reproduire leur visite. Nous possédons encore, dans les écuries, le propre carrosse de George III, et il me semble qu'il serait très intéressant de l'utiliser pour la scène de son arrivée. Ceux qui interpréteront les rôles du roi George et de la reine Charlotte pourraient monter dans le carrosse quelque part derrière le potager, faire le tour du parc puis remonter en direction de la maison – si vous voulez bien vous approcher de cette fenêtre, ma chère, je vais vous montrer exactement comment se déroulera la scène. » Elle fit signe à Poppy de s'avancer et lui désigna divers repères et le chemin que pourrait emprunter le carrosse. Mais Poppy ne lui prêtait plus aucune attention. Car, debout au milieu de l'allée, deux hommes d'allure très ordinaire, vêtus de vestes de tweed et de pantalons de flanelle grise, regardaient dans la direction de Chalford House. Poppy les observa pendant un moment, abasourdie, puis s'écria par mégarde : « Oh, Anthony, espèce de salaud ! » Lady Chalford se tourna vers elle, l'air stupéfait. Passant son bras autour de sa taille, elle dit : « Chère Poppy, vous êtes toute pâle. Venez vous étendre un moment, c'est la chaleur – vous n'auriez jamais dû faire tout le trajet à pied depuis le village. Je vais demander que l'on vous raccompagne en automobile. »

La beauté du village regarda par la fenêtre de son salon et vit Jasper Aspect qui se dirigeait vers sa maison. Il évita l'allée tortueuse qui ondulait au milieu des buissons de rhododendrons comme un serpent à l'agonie (une pratique de la fin de l'ère victorienne destinée à donner l'illusion d'un terrain plus vaste) et franchit d'un pas désinvolte la pelouse et les parterres fleuris, puis, arrivé à la porte d'entrée, actionna violemment la sonnette. Mrs Lace entre-temps s'était réfugiée dans sa chambre. Elle était ravie du tour inattendu que prenaient les événements ; Jasper lui paraissait beaucoup plus séduisant que Noel, manifestement trop amoureux, mais elle avait presque abandonné l'espoir de le conquérir depuis leur rencontre au Jolly Roger. Prévenant sa femme de chambre qu'elle se préparait à descendre, elle se hâta de changer de toilette et de physionomie. Anne-Marie Lace était de ces femmes qui peuvent se montrer aussi bien extrêmement négligée que d'une parfaite élégance ; seule elle ne prenait jamais la peine de brosser ses cheveux, vernir ses ongles ou se poudrer ; en compagnie, elle était toujours excessivement bien habillée. S'estimant satisfaite de son apparence, elle pénétra dans le salon d'un pas si léger que Jasper qui, plus par habitude que par intérêt, lisait une lettre qu'il avait trouvée sur le secrétaire, eut un sursaut de confusion. Mrs Lace parut n'avoir rien remarqué et l'accueillit avec chaleur.

« Comme c'est gentil de votre part, s'écria-t-elle, *enchantée de vous voir** », et elle s'avança dans la pièce, se déplaçant d'un air théâtral, tapotant les coussins, arrangeant livres et journaux avec force gestes exagérés. Cette démonstration évoqua à Jasper une actrice seule en scène pendant quelques instants après le lever du rideau.

« C'est mieux ainsi, dit-elle en souriant, les yeux écarquillés, mes petites chéries ont fait les folles ici, et si vous saviez le désordre que des enfants peuvent mettre dans une pièce. Voulez-vous vous asseoir et fumer une cigarette ? » Elle lui en alluma une, autre prétexte pour quelques mimiques supplémentaires.

« À présent, dit-elle, nous pouvons bavarder gentiment. Il y a tant de choses que j'étais impatiente de vous demander, mais vous n'avez pas été très aimable avec moi à notre dernière rencontre.

— Ah, mais nous parlions politique, dit Jasper, comme pour suggérer que les sujets qu'ils allaient aborder étaient plus personnels. Quelles questions désiriez-vous me poser ?

— Pour commencer, quelle raison vous a incités, vous et Noel, à venir visiter notre vieux Chalford moribond ? Ce sans-cœur de Noel reste toujours très vague à ce propos quand je l'interroge.

— Cela ne m'étonne pas, dit Jasper.

— Vous savez, Mr Aspect, j'aime beaucoup Noel, et je crains qu'il n'ait un léger faible pour moi, mais…

— Mais quoi ? » Jasper se dit que durant toute sa carrière il n'avait jamais vu une femme se jeter à sa tête aussi délibérément et avec aussi peu de résultat. Il n'était pas le moins du monde attiré par elle, et il décida qu'il serait généreux et peu coûteux de sa part d'en faire présent à Noel, y compris tout ce qui allait avec.

Elle poursuivit : « Eh bien, je ne crois pas que je pourrais un jour m'éprendre de quelqu'un comme Noel, bien qu'il soit d'une extrême gentillesse, n'est-ce pas ?

— Et pourquoi ne pouvez-vous tomber amoureuse de lui ?

— Sans doute parce qu'il manque tellement – de détermination.

— Peut-être lui est-il difficile, dans les circonstances actuelles, d'être déterminé, dit Jasper, enveloppant symboliquement Mrs Lace de papier cadeau brun avant de la remettre, une fois pour toutes, à son ami.

— Que voulez-vous dire ?

— Sa situation, en ce moment, est peut-être un peu équivoque. »

Mrs Lace fronça les sourcils et lança à Jasper un regard interrogatif.

« Mais vous l'avez deviné depuis longtemps, bien entendu.

— J'aimerais en être sûre, répondit Mrs Lace, qui ne savait évidemment pas à quoi Jasper faisait allusion.

— Il m'est impossible, sans manquement à la parole donnée, de tout vous dévoiler. La seule chose qu'il m'est permis de dire est que, si vous pensez savoir qui est Noel en réalité, il est probable que vous êtes tombée juste.

— Oh ! » s'écria Mrs Lace. Elle n'ajouta rien ; son cerveau était en ébullition. Après tout, pensa-t-elle au comble de l'excitation, miss Smith n'était pas miss Smith, pas plus que miss Jones n'était miss Jones ; au contraire, elles étaient deux figures connues de la haute société londonienne. Pourquoi dans ce cas le nom de « Noel Foster » ne cacherait-il pas lui aussi une identité fascinante ?

« Je vois qu'à l'évidence vous êtes au courant, poursuivit Jasper en souriant. Ces traits célèbres ne sont pas aisés à dissimuler, n'est-ce pas ? Et à présent, chère Mrs Lace, une recommandation. Ne laissez pas le… ne LUI laissez pas voir que vous savez. Il est ici avec la ferme intention d'éviter toute publicité, tout protocole, et tous les attributs contraignants de sa position, et si son identité était percée à jour, même par la dame qu'il – vous ne m'en voudrez pas d'être franc avec vous ? –, qu'il admire si passionnément, il partirait sur-le-champ. Mieux vaudrait qu'aucun de nous deux n'y fasse plus jamais allusion, même entre nous, et naturellement je m'en remets à votre totale discrétion en ce qui concerne le monde extérieur. Si ces informations venaient à se répandre, nous aurions des journalistes et des photographes derrière chaque arbre, et ces quelques semaines de tranquillité dont il a tant besoin seraient ruinées.

— Je garderai toujours ce secret enfoui au fond de mon cœur, murmura Mrs Lace, les yeux brillants.

— Maintenant il est temps pour moi de venir au but de ma mission, dit Jasper, jetant furtivement un regard par-dessus son épaule et baissant la voix. Où le… où mon ami peut-il vous rencontrer pendant un moment seule et sans crainte d'être surpris ? »

Mrs Lace, le visage empourpré, réfléchit. Elle finit par répondre : « Dans Chalford Park, non loin d'Old Manor, il y a un petit lac au bord duquel se dresse un petit temple rose et blanc. Il est presque entièrement recouvert de lierre, de chèvrefeuille et d'amaryllis, masqué aux regards indiscrets par des buissons d'églantine. Personne ne s'y rend jamais.

— Ah, heureux Noel, s'écria galamment Jasper. Comme son sort me paraît enviable. Dans ce cas, pouvez-vous y être demain après-midi à trois heures précises, et lorsque vous entendrez le hululement d'un hibou répondre par le cri d'un pivert si vous êtes certaine que la voie est libre ?

— Oui, vous pouvez compter sur moi », dit Mrs Lace. Peu versée dans l'ornithologie, elle décida d'interroger lors du dîner le major Lace, qui en était féru, sur le cri du pivert.

Sur ce, Jasper se leva et, d'un geste courtois, lui baisa la main avant de prendre congé. On entendit alors le major Lace marcher bruyamment dans l'entrée, et Anne-Marie, qui aimait faire étalage de ses amis auprès de lui, insista pour que Jasper s'attarde quelques instants. « Il se plaint toujours que les gens partent au moment où il arrive. »

Le major Lace, apparemment, avait assisté à une vente de vaches de race. Son visage en général réjoui était assombri par une extrême mauvaise humeur, car il avait, durant la vente, tourné par erreur deux pages du catalogue à la fois, confondant ainsi la vache sur laquelle il voulait enchérir. Il en avait acquis une autre pour une somme astronomique avant de découvrir que son achat était totalement dépourvu de cet organe très désirable – un pis.

« Il semble que cette bête soit bien connue dans les ventes, s'écria-t-il hors de lui. On l'a proposée dans tout le pays pendant des mois dans l'espoir de trouver quelque ballot prêt à l'acheter. Mon voisin m'a dit : "Pourquoi diable as-tu acheté cette vache, Lace ?" J'ai répondu : "Pourquoi pas ? C'est une bonne vache, avec un bon pedigree, un palmarès solide." "Il doit y avoir une erreur, Lace, a-t-il dit, il n'y a rien d'anormal dans son pedigree, mais elle ne sera jamais primée. L'animal n'a pas de pis." C'est alors que j'ai compris ce que j'avais fait, c'est simple, j'avais tourné deux pages à la fois de cette sal... de catalogue. Il faut dire que la lumière était aveuglante.

— C'est une chose qui peut arriver à tout le monde, dit Jasper avec compassion.

— C'est quand même stupide de ma part. J'aurais dû regarder la bête avec attention, cela ne serait pas arrivé. Sans pis, sans l'ombre d'un pis. Aspect, un whisky soda ? »

Jasper éprouvait de la sympathie pour le major Lace. Quand ils eurent bu plusieurs whiskys, il fit avec lui le tour de ses étables et de ses porcheries et ils échangèrent quelques anecdotes lestes. Le major Lace, qui était doué d'un esprit paillard, trouva Jaspeı bien plus intéressant que les amis habituels d'Anne-Marie et retrouva bientôt sa bonne humeur.

Quand à Mrs Lace, elle dormit peu cette nuit-là. Elle était rongée par l'envie d'en savoir davantage au sujet de Noel, sans avoir la moindre idée de la façon dont elle pourrait y parvenir. Elle se creusait la tête, cherchant à se rappeler la physionomie de quelque tête couronnée qui pourrait même de loin lui ressembler. Il lui vint ensuite à l'esprit qu'il était peut-être une célébrité du monde du cinéma. En tout cas, il n'était certes pas indigne de son attention, et cette pensée fit beaucoup pour l'apaiser.

Dès que Jasper eut quitté le Jolly Roger et se fut éloigné en direction de Comberry Manor, Noel se trouva plongé dans une terrible inquiétude. Il se maudissait d'avoir consenti à un arrangement qui donnait à Jasper l'occasion d'un long tête à tête avec Mrs Lace ; ce n'est qu'à la vue de Jasper s'élançant d'un pas vif dans la rue principale du village que l'assaillirent les affres de la jalousie qu'il serait condamné à endurer. L'effroi s'empara alors de lui. Jasper avait une fâcheuse réputation de séducteur et n'hésitait pas à marquer des points contre un vieux camarade si l'occasion s'en présentait ; en outre, Mrs Lace avait déjà montré une préférence marquée pour lui. Pis encore, elle n'avait pas succombé, jusqu'à présent, aux avances de Noel, et il redoutait qu'elle ne le trouve sans intérêt. Il resta assis tristement à se ronger les ongles, saisi d'un désespoir tel qu'il faillit se lever et se lancer à la poursuite de Jasper, mais il n'en fit rien, se rappelant qu'il était d'une importance capitale de découvrir les motivations des deux détectives et n'éprouvant aucun désir de jouer le rôle du jaloux ridicule devant Jasper et Mrs Lace. Il traîna dans le village dans un état de nervosité terrible, s'efforçant de se consoler en considérant l'amour supposé de Jasper pour Poppy St Julien et la légère emprise financière que lui-même avait sur son ami. Aucun de ces deux éléments ne le rassura.

Or c'est le moment que choisit Eugenia pour faire son apparition et lui parler, bien qu'elle paraisse déçue de ne pas être tombée sur Jasper, qu'elle considérait sans conteste comme un social-unioniste plus satisfaisant que Noel. Elle avait entrepris d'aménager un cottage inoccupé, dont elle avait obtenu la clé en amadouant le régisseur de son grand-père, et d'en faire le quartier général des Union Jackshirts de Chalford et ses environs. De délicats meubles Chippendale furent donc déménagés clandestinement depuis Chalford House, introduits dans les pièces, poussés sans ménagement à travers des portes beaucoup trop étroites pour eux. Deux ou trois camarades s'affairaient comme des castors à la tâche, encouragés par Eugenia qui ne rechignait pas à leur prêter main forte. Sa Nanny allait et venait, un plumeau à la main, époussetant les meubles, grommelant entre ses dents, se demandant ce que dirait madame si elle savait. Une fois l'installation terminée (c'est-à-dire quand tous les meubles eurent été mis en place, sans égard aux éclats et aux coups reçus, et les pièces décorées de photos grandeur nature de Hitler, de Mussolini, de Roosevelt et du Capitaine), Eugenia grimpa sur un canapé aussi fragile que précieux, qui ploya sous son poids, et annonça qu'une manifestation serait organisée pour l'inauguration du nouveau siège de Chalford le mercredi suivant à trois heures et demie de l'après-midi.

« Alors, comment cela s'est-il passé ? demanda Noel, en proie à une impatience grandissante, Anne-Marie t'a-t-elle plu – lui as-tu plu – de quoi avez-vous parlé – comment vous êtes-vous entendus ?

— Comme larrons en foire, répondit Jasper. Une femme exquise, cette Mrs Lace. » Noel fit entendre un grognement. Jasper comprit aussitôt l'humeur qui l'habitait et s'en amusa. « Allons prendre un verre au New Moon », dit-il, décidant de prolonger l'agonie de son camarade un peu plus longtemps. Ils devraient ouvrir dans quelques minutes.

« Et son mari est un homme exquis, continua-t-il, tandis qu'ils s'installaient confortablement au bar en attendant leurs bières. Un type charmant. Il m'a raconté des histoires d'une extrême drôlerie. J'ai l'intention de souvent le fréquenter à l'avenir. »

Pour Noel, ces nouvelles furent loin d'être rassurantes. Il savait que Jasper avait pour règle d'être dans les meilleurs termes avec les maris.

Insensiblement, Jasper changea de sujet. Il demanda à Noel s'il avait rencontré Eugenia, comment elle allait, ce qu'elle avait fait. « Et de ton côté, as-tu passé un agréable après-midi ? demanda-t-il. Des nouvelles des flics ? Non ? En tout cas, ils ne m'ont pas suivi non plus. Il semblerait que ce soit à l'une de nos deux amies qu'ils s'intéressent. Je me demande laquelle ? »

Ils avalèrent leurs bières en silence. Noel brûlait de lui poser une quantité de questions et cherchait désespérément un moyen de les formuler sans avoir l'air ridicule. Il faisait pitié, semblait au bord des larmes.

Jasper lui offrit une goutte de réconfort.

« Mrs Lace a beaucoup parlé de toi », dit-il.

Noel parut transporté de joie sur le moment, mais cette euphorie fit rapidement place à l'appréhension. Il lui paraissait probable que la conversation, orientée par Jasper, avait adopté un ton moins flatteur, car il était incertain de l'attitude de Mrs Lace à son égard. Il s'attendit donc à être plongé dans le plus profond désespoir par la remarque suivante de Jasper. S'armant contre le choc il but d'un trait une grande gorgée de bière : « Oh, vraiment, qu'a-t-elle dit ? »

À sa grande surprise, la goutte de réconfort fut suivie d'une avalanche.

« Mrs Lace est folle de toi, mon vieux. Elle ne pense à rien d'autre. »

Noel soupçonna un piège. Marchant d'un pas lourd, il dit : « Je n'en crois pas un mot. En tout cas, elle n'en montre rien en ma présence.

— Quel lamentable psychologue tu fais, mon pauvre vieux. Tu ne vois donc pas que Mrs Lace est une de ces petites femmes timides, repliées sur elles-mêmes, à qui le chemin doit être tracé d'avance. N'as-tu pas remarqué, tout d'abord, à quel point elle est réservée ? »

Même cet amoureux transi de Noel ne l'avait pas remarqué. Il était cependant tout prêt à le croire.

« Peu importe, continua Jasper. Je pense que tout devrait bien se passer à présent. J'ai beaucoup œuvré pour toi aujourd'hui, mon vieux. Tu devrais m'en être reconnaissant.

— Œuvré comment ? demanda Noel, sceptique.

— Pour commencer, je t'ai porté aux nues, j'ai dit que tu avais un caractère d'une grande noblesse, etc., etc. Mais, plus important encore, j'ai pris un rendez-vous pour toi.

— Avec Anne-Marie ?

— Qui d'autre ? Tu dois la retrouver dans un endroit où tu pourras rester sans être dérangé aussi longtemps que tu le souhaiteras – un endroit romantique, qui pourrait avoir été édifié – et l'a probablement été – à l'intention des amoureux. C'est là qu'elle attendra ta déclaration demain après-midi à trois heures.

— Où se trouve cet endroit ? s'écria Noel, soudain pris d'une impatience fébrile, ainsi que l'avait prévu Jasper. Vite, dis-moi, Jasper, où ? »

Jasper ne répondit pas. Il semblait parti dans ses rêves et restait assis le regard perdu au loin, une expression songeuse sur le visage.

« Jasper – où est cet endroit, nom d'un chien ?

— Au fait, mon vieux, dit Jasper comme s'il revenait subitement sur terre, dix livres m'arrangeraient bien.

— Je n'en doute pas. »

Suivit un long silence.

« Oh, je vois, dit Noel l'air grincheux, du chantage.

— Hé là, du calme, mon garçon, voilà qui n'est pas très obligeant de ta part. Parlons plutôt de commission ? Après tout, il faut bien vivre, non ?

— Je ne vois pas réellement pourquoi », dit Noel.

Il tira cependant un chéquier de sa poche et entreprit de mauvaise grâce de griffonner un chèque de dix livres. Puis il le roula en boule et le jeta à la tête de Jasper. Jasper le défroissa avec soin et le lut. « Il n'est pas très présentable, dit-il, mais je présume qu'il fera l'affaire.

« Le temple au bord du lac près de l'Old Manor de Chalford. Tu t'en approcheras en hululant comme un hibou pour t'identifier ; si tout se passe comme convenu, Mrs Lace répondra par un rire joyeux. Regagnons le pub, veux-tu, et voyons ce que ces jeunes femmes ont fabriqué cet après-midi. »

Cependant, lady Marjorie et Mrs St Julien ne se présentèrent pas ce soir-là. Elles dînèrent comme à l'accoutumée dans leur salon particulier, mais ne firent pas leur tour habituel dans le jardin pour respirer l'air frais avant d'aller se coucher. Elles s'attardèrent à papoter. Jasper passa une grande partie de la soirée l'oreille collée au trou de la serrure, déjouant les détectives, qui erraient dans les environs comme des fantômes, en apparence animés de la même intention.

Quand, beaucoup, beaucoup plus tard qu'à l'accoutumée, Mrs St Julien se retira dans sa chambre, elle vit avec surprise une forme confortablement installée dans son lit. C'était Jasper.

« Ne vous inquiétez pas, dit-il. Ces hommes m'ont vu pénétrer dans la chambre de lady Marjorie – j'y suis entré puis j'ai fait le tour et suis passé par la fenêtre. Ils sont lamentablement faciles à berner, ces pauvres types, et comme c'est vous qu'ils recherchent, c'est sans importance pour elle. »

Poppy St Julien s'assit devant sa coiffeuse et lui jeta un regard sévère. « Je me demande comment vous pouvez savoir que c'est moi qu'ils recherchent – on croirait que vous avez écouté la conversation que je viens d'avoir à l'instant avec Marge.

— C'est exact, dit Jasper, redressant les oreillers sous sa tête.

— Vous semblez très ignorant des conventions sociales les plus ordinaires.

— Mettons que je préfère les ignorer. »

Poppy commença à se brosser les cheveux.

« J'ai cru, dit Jasper, à en juger au ton de votre voix à l'instant, que vous aviez été troublée par le comportement d'Anthony St Julien. Je suis désolé. »

Poppy continua à se brosser les cheveux.

« Lui aussi préfère ignorer les conventions sociales, dirait-on.

— En effet, dit Poppy d'un air sombre, mais il a quelques excuses, le pauvre chou. Il est amoureux.

— Tout comme moi.

— C'est ce que vous dites. Mais vous êtes un fieffé menteur, n'est-il pas vrai ? Et j'aimerais que vous ne laissiez pas tomber la cendre de votre cigarette sur mon lit.

— Alors passez-moi un cendrier, je vous prie, chère miss Smith. Ce porte-savon fera l'affaire. Merci mille fois. Voulez-vous m'épouser ?

— Ne soyez pas stupide.

— Stupide est mon deuxième prénom. Mais je vous ai posé une question, et j'aimerais avoir une réponse.

— Je vous prie de sortir de ma chambre.

— Ne soyez pas si autoritaire.

— Je désire me déshabiller.

— Alors déshabillez-vous.

— Oh, allez au diable, dit Poppy.

— Allons, miss Smith chérie, dit Jasper, soyez raisonnable et écoutez-moi un instant. Anthony St Julien est un faux jeton qui ne veut plus de vous parce qu'il court après des débutantes inconnues. Je ne suis pas un faux jeton et je vous veux, et je ne vous quitterai jamais pour personne d'autre aussi longtemps que je vivrai. Maintenant, si vous m'épousez, tout le monde sera content. Anthony St Julien, sa débutante, les détectives, et moi. Cela ne vous semble-t-il pas un moyen facile de faire plaisir à tout le monde autour de vous ?

— Vous ne pouvez pas me donner le confort auquel j'ai été habituée, dit Poppy.

— On peut en dire autant pour vous, mon ange.

— Sans doute, mais les épouses ne sont pas censées entretenir leur mari.

— Je n'ai jamais pu comprendre pourquoi. Cela paraît tellement déloyal.

— Pas du tout. Le moins que les hommes puissent faire est de subvenir à nos besoins si vous prenez en compte que les femmes supportent tous les ennuis de la grossesse et le reste.

— Eh bien, nous les garçons, nous avons la gueule de bois, pas vrai ? C'est plus ou moins pareil en fin de compte.

— De toute façon, le fait est que je ne peux pas vous entretenir, et que vous ne pouvez pas m'entretenir. Vous devriez épouser Marge.

— Je sais. Je tenterais le coup si je pensais avoir la plus petite chance. Y en a-t-il une ?

— Aucune.

— Voilà. Je le savais bien. Pourquoi susciter cet espoir ? Vous voyez, il semble que ce sera vous, finalement, miss Smith chérie. Je ne peux pas dire que cela m'ennuie. Vous êtes très jolie, vous savez.

— Vous êtes trop aimable », dit Poppy en bâillant. Elle commença à se déshabiller.

9

Il se trouva que la date de l'inauguration du siège des social-unionistes de Chalford coïncidait avec celle d'une réception pour laquelle Mrs Lace avait lancé des invitations. La première manifestation étant prévue à quinze heures trente et l'autre pas avant dix-huit heures, il était évident que l'on pouvait sans peine assister aux deux. La réception d'Anne-Marie avait pour but avéré de procéder à l'organisation du spectacle historique. Il fallait élire un comité, réfléchir à l'attribution des rôles mineurs (Mrs Lace s'était déjà emparée des rôles principaux, ceux de George III et de la reine Charlotte, pour elle-même et Noel). En réalité tout cela était inutile. Jasper et Eugenia se débrouillaient fort bien tout seuls avec les préparatifs, mais c'était une façon de remplir le but impatiemment poursuivi par Mrs Lace, lui procurer une excuse pour exhiber aux yeux de son entourage ses nouveaux amis et son amant.

Naturellement, il était plutôt frustrant pour elle de devoir préserver l'incognito de Marjorie et de s'abstenir de laisser filtrer des suppositions touchant à l'identité de Noel ; par ailleurs, elle considérait que les noms d'emprunt de Foster et de Jones ne masquaient pas entièrement leur distinction innée, tandis que Mr Aspect et Mrs St Julien étaient de gros poissons à prendre dans ses rets. Et comment ne pas savourer à l'avance ce jour glorieux où elle occuperait la position privilégiée de celle « qui a toujours su » ? Lorsque les habitants de Chalford connaîtraient enfin l'identité du personnage éminent qu'ils avaient accueilli sous l'apparence de Noel, ils pareraient aussitôt Mrs Lace d'une auréole romanesque. Les gens se diraient : « Vous vous souvenez, l'été dernier. Il séjournait au Jolly Roger et se faisait appeler Noel Foster, et c'est alors qu'il est tombé amoureux d'elle. Et maintenant, imaginez-vous qu'ils se sont enfuis ensemble. Bien entendu tout le monde a toujours su qu'elle ne resterait pas longtemps dans ce trou perdu, l'étonnant est qu'elle ait un jour épousé un pareil raseur… »

Et à supposer que cette fugue qui emplissait désormais ses rêves ne voie jamais le jour, on saurait que Mrs Lace avait été le grand amour de Noel et que, n'ayant pu l'épouser, pour des raisons politiques, il lui envoyait néanmoins tous les ans une feuille de rose séchée dans une boîte ornée d'une couronne.

Elle décida d'arborer les marques de l'affliction la plus profonde par égard pour son cœur endeuillé. Quelle merveilleuse satisfaction, aussi, de pouvoir murmurer à ses intimes : « Je l'ai forcé à repartir. Il voulait tout abandonner pour moi, mais je ne pouvais le lui permettre. Il doit penser à sa carrière, remplir son devoir, vivre sa vie. C'est beaucoup mieux ainsi. Si je l'avais laissé accomplir son souhait, il aurait pu avec le temps se mettre à me haïr ; de cette manière notre amour reste neuf, éternel. Non, j'ai le cœur brisé, mais je ne regrette rien. » Mrs Lace se laissait emporter par son imagination, qu'elle avait débordante.

La garden-party était aussi l'occasion de montrer à Noel qu'il n'était pas unique au monde ; geste superflu, car le pauvre garçon était déjà trop fermement convaincu qu'il suffisait de la voir pour la désirer. C'est dans ce but que furent invités Mr Leader et ses collègues de Rackenbridge, cette Athènes locale qui avait, jusqu'à ce jour, fourni à Anne-Marie toutes ses conquêtes culturelles.

Un orage menaçait lorsque se leva le grand jour et, peu après le petit déjeuner, un orage éclata dans le salon des Lace. Le major, bourrant sa pipe avant de sortir pour examiner une vache malade, fit remarquer d'un ton détaché :

« N'est-ce pas le jour de votre pince-fesses, Bella ? »

Anne-Marie fit la grimace. Elle ne voulait pas qu'on l'appelle par son vrai nom, détestait le mot pince-fesses et considérait que le major Lace aurait dû savoir aussi bien qu'elle que c'était *le* grand jour.

« J'ai invité quelques personnes à l'heure du cocktail, dit-elle, de son ton hautain. C'est peut-être ce à quoi vous faites allusion.

— Splendide ! Je pensais bien que c'était aujourd'hui. Je suis tombé sur ce vieux George Wilkins hier à l'exposition, et je l'ai invité. Une chance que je m'en sois souvenu. Il sera le boute-en-train de votre petite réception. »

La nouvelle laissa Anne-Marie sans voix. Puis elle explosa. Elle ne voulait pas de Mr Wilkins à son cocktail, il y serait déplacé, c'était un homme odieux, stupide, un rustre. Elle le détestait. Elle détestait son visage rougeaud, et Hubert le savait parfaitement, et il l'avait invité uniquement pour la contrarier, dans le but de tout gâcher. Tout. Elle éclata en sanglots.

Le major Lace écouta ces récriminations avec stupéfaction tandis qu'une expression de profond dégoût se dessinait sur son visage rond.

« Vous êtes une petite snobinarde, ma chère, dit-il, dès qu'il put placer un mot. Je sais ce que vous pensez, que vos nouveaux prestigieux amis risquent de ne pas apprécier le pauvre George Wilkins – eh ? Eh bien, vous vous trompez sur ce point, je suis prêt à parier qu'il leur plaira. C'est l'homme le plus amusant que j'aie jamais rencontré, et tout le monde aime ce vieux Wilkins – excepté vous.

— Je ne suis pas une snobinarde, se récria Mrs Lace, furieuse. Sinon aurais-je pour amis des artistes sans le sou comme Leslie Leader ? Au contraire, quantité de gens me reprochent le contraire – de n'être pas assez exigeante. Ce n'est pas du snobisme de rechercher certaines qualités chez les gens que nous fréquentons – et personnellement je préfère me mêler à des gens cultivés. J'ai horreur des esprits vulgaires. Mais là n'est pas le sujet. Je serais ravie que vous invitiez Mr Wilkins à n'importe quelle autre occasion. Cependant il est impossible qu'il assiste à cette petite réception en particulier.

— Pourquoi ?

— Pour les raisons que je vous ai données. Sa présence serait inopportune, sans compter qu'il est si *mal soigné**. Et autre chose, Leslie Leader quitterait la maison sur-le-champ s'il le rencontrait. Il le hait littéralement.

— Mon Dieu, mon Dieu, vraiment ? Mr Leader remonte dans mon estime. Je n'aurais jamais cru que cette limace ait assez de cran pour haïr quelqu'un. Pourtant je pense que je dois prendre le risque, même s'il est assez délicat de décommander ainsi Leader à la dernière minute.

— C'est hors de question. Je vais téléphoner à Mr Wilkins et lui dire que vous avez fait une erreur.

— Anne-Marie, faites-le si vous voulez, mais je vous préviens que je ne mettrai pas les pieds à votre maudite garden-party si Wilkins n'y assiste pas, déclara le major Lace en serrant les mâchoires.

— C'est ridicule, Hubert, vous devez venir, naturellement. Votre absence paraîtrait des plus étranges. De plus, qui préparerait les cocktails ?

— Je me fiche comme une guigne de savoir qui préparera les cocktails. Leader peut s'en charger.

— Vous savez bien qu'il ne boit jamais d'alcool.

— Pas étonnant. De toute façon je ne viendrai que si Wilkins est invité, c'est à prendre ou à laisser, mon amie. » Sur ces mots le major Lace se dirigea d'un pas lourd vers ses étables.

Mrs Lace passa la plus grande partie de la matinée à sangloter de rage. Pendant le déjeuner elle ne prononça pas un mot, ce que le major Lace ne sembla pas remarquer, tandis qu'il se comportait comme d'habitude, discourant sur la maladie de John et les germes de tuberculose dans le lait. Il ne fit aucune allusion à Mr Wilkins ou à la réception et, la dernière bouchée avalée, disparut à nouveau. Les préparatifs occupèrent l'après-midi d'Anne-Marie, sans qu'elle y trouve de satisfaction. Même l'arrivée de Mr Leader, qui vint, comme promis, décorer son salon de ronces passées au blanc et de cellophane, ne parvint pas à égayer son humeur.

Pendant qu'elle se changeait, cependant, son moral commença à remonter, et quand arrivèrent les premiers invités, elle avait retrouvé son entrain. Plus que tout au monde elle aimait recevoir et elle était, considérant son inexpérience, une assez bonne hôtesse, capable d'efforts infatigables pour plaire à ses invités.

Les voisins arrivèrent au fur et à mesure, maris, femmes, filles, et de temps en temps un fils en permission ou à peine sorti d'Oxford. C'étaient tous des gens parfaitement aimables, ennuyeux, qui furent comme il se devait stupéfaits par le pantalon de cocktail en *lamé** et le maquillage outrancier d'Anne-Marie. Les jeunes gens de Rackenbridge offraient, pensa-t-elle, la note voulue de négligé bohème dans leurs pantalons corsaire et leurs chemises Aertex à col ouvert. La scène était à présent prête pour l'entrée des nouveaux amis de Mrs Lace. Anxieusement, elle se mit à surveiller l'allée et, pendant une heure entière, joua les Paillasse, bavardant et riant, le cœur brisé. Car ses nouveaux amis n'apparaissaient pas.

Quand ils arrivèrent enfin, extrêmement tard, accompagnés d'Eugenia nu-pieds dans ses chaussures, ils paraissaient tous au dernier stade de l'épuisement. « Nous sommes exténués, voyez-vous, expliqua Jasper poliment, à cause de la soirée d'Eugenia. Formidable du début à la fin. C'est une fille géniale, cette Eugenia. E.U.G.E.N.I.A. Eugeniale.

— C'était absolument charmant », dit lady Marjorie, qui paraissait beaucoup moins alanguie qu'à l'habitude. Elle avait les joues rougies, les yeux brillants. « Mais pourquoi n'êtes-vous pas venue, Mrs Lace ? Vous ne pouvez imaginer à quel point cette soirée était délicieuse.

— Nous avons chanté des hymnes unionistes pendant des heures, dit Poppy. “En avant, Union Jackshirts” – vous connaissez, n'est-ce pas ? nous vous l'apprendrons, une autre fois peut-être ? Ensuite nous sommes allés faire une marche fantastique, accompagnés d'une fanfare et nous portions tous un Union Jack. Marge et moi nous nous sommes inscrites. Les camarades étaient magnifiques, tous très beaux. »

Ils s'affalèrent lourdement dans les fauteuils et s'éventèrent. Poppy et Marjorie n'avaient nullement l'apparence d'élégantes Londoniennes, destinées à impressionner les ménagères du coin. Eugenia, l'œil soudain rivé sur Mr Leader, le désigna à Poppy en murmurant : « C'est un pacifiste notoire. Devons-nous le traduire devant la justice de l'Union Jackshirt ?

— Pas tout de suite, répondit Poppy à voix basse, nous sommes tous beaucoup trop fatigués. »

Une sorte de malédiction semblait s'être abattue sur la réception de Mrs Lace. Elle était au désespoir car personne ne se comportait comme elle l'avait prévu. La plupart des invités du voisinage étaient rentrés chez eux pour dîner, et ceux qui restaient formaient des petits groupes dans le jardin, parlant de sport ou discutant avec le major Lace des injustices de l'Office du lait. Attroupés autour du bar, les jeunes gens de Rackenbridge dévoraient ou buvaient tout ce qui leur tombait sous la main, tandis que ses nouveaux amis n'avaient rien de remarquable mais restaient avachis çà et là dans des attitudes de total épuisement.

« Nous n'en pouvons plus, s'excusaient-ils, vous auriez dû voir la distance que nous avons parcourue à pied, incroyable. Par cette chaleur ! Ouf. »

Consciente de la situation, Poppy murmura à l'oreille de Jasper qu'ils devraient se mêler davantage aux autres. Jasper répondit : « Mêlons-nous », mais personne ne bougea.

Mrs Lace prit Mr Leader par le bras et le présenta à la ronde, disant : « Leslie est l'auteur de toutes ces merveilleuses décorations. C'est un artiste surréaliste, vous savez. »

Poppy dit poliment : « Oh, comme c'est intéressant. Faites-vous partie de ces gens qui aiment les intestins et arrachent les yeux des bébés ? »

Jasper raconta alors qu'il avait écrit une pièce dont toute l'action se déroulait à l'intérieur de l'estomac de Jean Cocteau. « Malheureusement j'ai vendu les droits cinématographiques, ajouta-t-il, sinon vous auriez pu les acquérir. Le film a été projeté à Paris et beaucoup de gens ont dû après ça quitter le Jockey Club et abandonner la religion catholique. C'était réjouissant. »

Eugenia regarda Mr Leader d'un air sombre, et dit d'une voix menaçante : « Vous devriez voir l'intérieur du nouveau siège des social-unionistes.

— C'est encore plus excitant que l'intérieur de l'estomac de Jean Cocteau », ajouta Jasper.

Après ces boutades la conversation s'éteignit, et le pauvre Mr Leader n'eut plus qu'à s'éloigner. Noel s'inclina en arrière et plaça un journal sur son visage – à le voir, personne n'aurait imaginé qu'il était follement amoureux de son hôtesse, et aucun des invités ne quitterait les lieux avec l'impression qu'entre ces deux êtres était née une passion éternelle. Mrs Lace lui jeta un regard désespéré.

Des choses bien pires, cependant, l'attendaient. L'exécré Mr Wilkins, l'air encore moins *soigné** qu'à l'accoutumée, blanc de poussière, fut introduit dans la pièce par le major Lace, qui se frotta les mains en déclarant : « Voici enfin notre cher vieux George – il est tombé deux fois en panne sur la route ! Mais mieux vaut tard que jamais, hein, George ? J'ai deviné que c'était ton vieux tas de ferraille que j'entendais bringuebaler dans l'allée. Cocktail ou whisky soda ?

— J'adore l'allure de ce bonhomme, murmura lady Marjorie à Poppy.

— C'est vrai qu'il a une physionomie originale », convint Poppy.

Sur ces entrefaites Mrs Lace dut quitter la pièce pour aller répondre au téléphone. Une des voisines avait oublié un cache-poussière et reviendrait le chercher tôt le lendemain. « Nous avons beaucoup aimé votre soirée, ajouta-t-elle. C'est dommage que nous ayons dû partir si tôt. » Mrs Lace reconnut que c'était dommage en effet, promit de prendre soin du vêtement et regagna le salon, où un spectacle extrêmement douloureux s'offrit à ses yeux.

Mr Wilkins était assis sur un divan entre Mrs St Julien et lady Marjorie, qui étaient toutes les deux pliées de rire. Mr Aspect, et l'anonyme mais enthousiaste Noel, en tailleur à leurs pieds, semblaient eux aussi beaucoup se divertir, tandis que le major Lace debout au-dessus du groupe, avait l'air d'un prestidigitateur qui vient de tirer de sa manche un jouet magique.

« Et connaissez-vous celle du type qui va chez W. H. Smith ? disait Mr Wilkins.

— Non, répondirent-ils d'une même voix.

— Il demande à la fille derrière le comptoir : "Avez-vous des attaches ?" et elle répond : "Non, monsieur, je suis libre." »

Des rugissements de rire accueillirent sa plaisanterie.

« Et celle de l'homme qui s'était fait prendre par la police ?

— Non.

— Ils lui disent : "Tout ce que vous direz pourra être retenu contre vous." Il répond : "Tout ce que je dis sera retenu contre moi ?" Et ils disent : "Oui", et il dit : "Oh bon, alors, Greta Garbo." »

Mrs Lace observait la scène avec dégoût. Mr Leader, avec l'air de quelqu'un qui respire une odeur déplaisante, s'approcha d'elle pour prendre congé.

« Je vais vous accompagner au bout du jardin », dit-elle, heureuse d'avoir une excuse pour s'éloigner de Mr Wilkins et de son succès.

« Chère, adorable Anne-Marie, dit Mr Leader, posant la main sur son bras, expliquez-moi qui sont vos nouveaux amis – que font-ils auprès de vous ? Vous m'avez toujours dit à quel point vous détestiez ces personnes, riches, à la mode, oisives et stupides, dit-il d'un ton de reproche.

— Vous ne comprenez pas, se défen
Mrs Lace. Ce sont des gens délicieux
d'hui ils paraissent différents. Si vous
séparément vous ne les trouveriez pas
pides.

— Ma chère, ils doivent être stupides s'ils se sont inscrits au Mouvement social-unioniste.

— Oh, ce n'est qu'une plaisanterie à mon avis.

— Le social-unionisme n'est pas une plaisanterie. C'est une menace pour ceux qui, comme moi, consacrent leur vie à la paix et souhaitent que tous les hommes soient égaux. Anne-Marie, vous ne pouvez pas en deux courtes semaines avoir oublié tous nos merveilleux idéaux !

— Oh non ! dit Anne-Marie. Il n'en est pas question. Mais il est toujours intéressant de faire de nouvelles rencontres, ne croyez-vous pas, d'essayer de voir l'existence de leur point de vue. Et Noel Foster est, par bien des côtés, tout à fait exceptionnel. Les autres sont gentils, mais lui est différent de tout ce que j'ai jamais connu. Je ne peux expliquer pourquoi, il faut que vous le rencontriez à nouveau, plus au calme, et que vous vous fassiez une opinion par vous-même.

— Non merci, dit Mr Leader. Ce que j'ai vu de lui cet après-midi me suffit.

— Je me demandais, continua Mrs Lace, si vos amis de Rackenbridge accepteraient de nous aider pour le spectacle historique ? Nous aimerions avoir plusieurs groupes de gens pour les différents épisodes, rien n'est encore définitif aujourd'hui. »

Mr Leader dit qu'il allait y réfléchir. « Je dois partir maintenant, charmante créature. N'oubliez pas que vous êtes la plus haute inspiration qui puisse animer un homme, et ne gâchez jamais votre amitié auprès de quelqu'un qui serait indigne d'un tel cadeau. »

Mrs Lace regretta vivement qu'il n'ait pas prononcé ce joli compliment en présence de Noel. Il perdait tout intérêt au milieu des lauriers sombres et humides au fin fond du jardin.

Quand elle regagna la maison, tous ses invités étaient partis, à l'exception de Mr Wilkins et de sa troupe d'admirateurs.

« Voilà Anne-Marie, dit affectueusement Noel. Venez bavarder un peu avec nous. Vous avez rempli vos devoirs d'hôtesse suffisamment longtemps.

— Oh oui, s'écria Poppy, en lui faisant une place sur le canapé. Nous avons besoin de vous, il faut que nous vous racontions tout ce que nous avons prévu pour la reconstitution historique.

— Ah, le spectacle. » Mrs Lace se sentit réconfortée. Qu'importait que sa soirée n'ait pas été à la hauteur de ses espoirs puisqu'elle avait encore le spectacle pour illuminer son horizon. Elle se rappela que Noel et elle devaient jouer les personnages de George III et de la reine Charlotte. Ils franchiraient ensemble la foule sous les applaudissements, s'inclineraient à droite et à gauche, point de mire de tous les regards, dans le magnifique carrosse que lady Chalford mettrait à leur disposition pour l'occasion.

Cette vision ne la quittait plus. Elle y pensait constamment. Elle serait ravissante sous sa coiffe, et Noel superbe avec sa perruque et son uniforme ; leur grand amour éclaterait aux yeux de tous. Plus tard ceux qui les auraient vus diraient : « Quel dommage que nous n'ayons pas su qui il était en réalité. Sans doute aurions-nous pu le deviner à voir la grâce et l'aisance avec lesquelles il répondait aux acclamations. Bien sûr, ils étaient profondément amoureux, comment l'ignorer ? Comme tout cela est romantique ! »

Peut-être auraient-ils leur photo dans les journaux, une photo sur laquelle Noel la contemplerait, les yeux remplis d'un amour immense. Il n'y avait pas de limite aux perspectives enivrantes qui se déployaient devant Anne-Marie quand elle se mettait à penser au spectacle historique.

Que disait donc Poppy ? « Oui, c'est une idée de Marge. C'est génial de sa part d'y avoir pensé, et tout est arrangé. Mr Wilkins sera George III ! Il l'a promis en tout cas, mais il a fallu se mettre à genoux pour le persuader, n'est-ce pas, Mr Wilkins ? Et cela garantira un immense succès au spectacle, car jamais deux personnages ne se sont autant ressemblés que Mr Wilkins et George III ; vous ne l'aviez pas remarqué ? Et maintenant il nous faut regagner Chalford car il est horriblement tard et notre dîner doit être prêt. Nous avons beaucoup apprécié votre réception, en particulier notre rencontre avec Mr Wilkins. Merci mille fois, merci de nous l'avoir présenté, c'était une bénédiction de votre part. Au revoir, Mr Wilkins, à demain donc, vers une heure. »

Le major Lace ne comprit pas pourquoi sa femme s'endormit en pleurant cette nuit-là. Il supposa qu'elle était à nouveau enceinte.

10

Le lendemain à l'heure habituelle, poussant de temps en temps un hululement, Noel se fraya un passage à travers les buissons qui entouraient le lieu de son rendez-vous galant. N'entendant aucun cri en retour, il présuma qu'Anne-Marie avait été dans l'impossibilité de venir. Il la trouva cependant, étendue, petit tas chiffonné de désolation, sur les marches du temple, et bientôt elle sanglota de tout son cœur sur son épaule.

« Ma chérie, je ne pense pas que ce soit d'une telle importance, dit-il, quand il eut enfin compris la raison d'un tel désespoir. Bien sûr c'eût été amusant de jouer cette scène, et c'est très gentil de votre part de le regretter, mais vous savez, lady Marjorie a raison, Mr Wilkins est le sosie vivant de George III. C'est très malin de l'avoir remarqué.

— Oh, vous ne comprenez pas, sanglota Mrs Lace. Je ne suis pas stupide au point de faire toute une histoire pour un malheureux spectacle, bien que j'aie attendu avec une impatience particulière de jouer à vos côtés.

— Alors de quoi s'agit-il ? demanda Noel que la scène commençait à lasser.

— Je suis horriblement malheureuse.

— Pourquoi, mon ange ?

— Vous êtes tellement méchant avec moi. Je ne pourrais pas le supporter plus longtemps.

— Méchant ?

— Tout ce mystère.

— Quel mystère ? »

Mrs Lace avait maintenant plus ou moins repris ses esprits. Elle savait qu'elle était jolie quand elle pleurait, tant que les pleurs ne duraient qu'un court moment. Aussi savait-elle s'interrompre à temps. Ce qu'elle fit, entreprenant de se coiffer et de se poudrer le nez, tout en lançant de temps en temps un regard en coulisse à Noel par-dessous ses cils humides. Il y avait une expression sur son visage qu'elle interpréta comme un avertissement lui signifiant de ne pas aller trop loin. En réalité, il se rappelait simplement que toutes les femmes aiment pleurer un bon coup à l'occasion ; c'était un tribut que les amants étaient contraints de payer. Il espéra qu'elle mettrait rapidement fin à son chagrin, s'armant de patience en attendant.

« Voyez-vous, chéri, reprit-elle alors, c'est plutôt cruel de votre part de ne jamais rien me dire à votre sujet. »

Reproche typique, pensa Noel. « Mon ange, il n'y a pas grand-chose à dire. L'histoire de ma vie jusqu'à aujourd'hui est d'une totale banalité, croyez-moi.

— Les plus petits détails vous concernant m'intéressent, dit Anne-Marie avec passion.

— Eh bien, dit Noel, de ce ton facétieux qui était un des traits les moins attrayants de son caractère, faut-il commencer par le début ? Je suis né de parents pauvres mais honnêtes…

— Où ?

— Où je suis né ? Je ne sais pas exactement, quelque part dans les Balkans. Mon père, voyez-vous, était archéologue, et ma mère et lui ont passé les premières années de leur mariage à se déplacer dans cette partie de l'Europe. Je sais qu'elle a eu des difficultés à ma naissance, j'étais prématuré, et ils ont mis un temps fou à trouver un médecin convenable. Ils étaient tous les deux tellement indécis, de toute manière.

— Oui, je comprends. Et où avez-vous fait vos études ?

— En Angleterre, bien sûr. Dès le début de la guerre les circonstances ont obligé mes parents à s'installer à Hampton Court, et je suis allé dans une école privée et à Eton, comme le veut la tradition. Ils souhaitaient m'envoyer dans une université à l'étranger, mais divers empêchements ont surgi et j'ai fini à Oxford.

— Et vos parents – sont-ils jamais retournés là-bas ?

— Non. Après la guerre ils ont estimé qu'ils étaient trop âgés – ils s'étaient mariés tard. De plus, les choses avaient tellement changé, ils ont préféré rester à Hampton Court. Ils sont morts tous les deux aujourd'hui. »

Cette conversation semblait confirmer les soupçons qui se formaient déjà dans l'esprit de Mrs Lace. Noel était à l'évidence le monarque légitime de quelque Ruritania[1], se préparant dans la solitude d'un village anglais au *coup d'État** qui le remettrait sur le trône. Un envoyé pouvait arriver d'un instant à

1. Petit royaume imaginaire servant de décor au *Prisonnier de Zelda*, film d'Anthony Hope. (*N.d.T.*)

l'autre et annoncer que le moment était venu, que le peuple et l'armée étaient dans l'état d'esprit favorable pour l'accueillir chaleureusement dans le pays de ses ancêtres. Ces deux personnages bizarres qu'elle avait vu traîner aux alentours du Jolly Roger étaient sans nul doute ses gardes du corps. Sa complète ignorance de la politique et de la géographie d'Europe centrale, combinée à une nature imaginative, lui permettait de traiter cette hypothèse comme s'il s'agissait d'un fait confirmé ; dès l'instant où l'idée lui était venue à l'esprit, le doute ne l'avait plus effleurée.

« Pour quelle raison êtes-vous venu ici ? » demanda-t-elle hardiment.

Noel eut l'air embarrassé. Il eût été délicat d'expliquer les motifs précis de sa venue à Chalford. Il se demanda si Mrs Lace s'en était entretenue avec Jasper, et dans ce cas quelle impression elle en avait retiré. Afin de rester sur un terrain sûr, il marmonna vaguement : « Oh, je ne sais pas, sans doute dans l'attente de quelque chose. »

L'envoyé. Les nouvelles de la capitale. « Et combien de temps vous faudra-t-il attendre ? Combien de temps pensez-vous encore rester ?

— Aussi longtemps que je pourrai vous voir, Anne-Marie chérie.

— Je voudrais que vous m'emmeniez loin d'ici », s'écria-t-elle passionnément.

Noel fronça les sourcils. Il s'était attendu à voir la conversation prendre ce tour. « Ma chère, dit-il d'un ton détaché, que dirait votre mari si j'agissais ainsi ?

— Il demanderait le divorce et je m'en battrais l'œil.

— Ma très chère Anne-Marie, dit Noel en lui baisant la main, je dois vous dire la vérité, et j'aurais dû le faire auparavant – je suis dans l'impossibilité de me marier. Si je le pouvais, mon rêve entre tous serait de vous épouser. Mais, pour de nombreuses raisons, ce n'est pas possible, hélas ! Il faut me croire sur parole, très chère. »

Et maintenant, gare à la tempête, se dit-il, place à une demi-heure de reproches hystériques. Il savait exactement ce qui allait suivre, il avait déjà tout entendu en d'autres circonstances. « Pour vous je n'ai été qu'un agréable passe-temps estival, mais pour moi vous êtes l'essence de la vie », etc., etc. À la fin de la tirade, Il devrait faire appel à tout son tact pour conserver les choses en l'état, ainsi qu'il l'espérait. Car Mrs Lace lui paraissait toujours très attirante.

Il y eut un silence, pendant lequel il comprit que la tempête s'annonçait. Métaphoriquement parlant, il se recroquevilla sur lui-même, releva le col de sa veste. Mais à sa grande surprise et non moins grand soulagement, aucune tempête n'éclata. Mrs Lace lui passa les bras autour du cou et lui murmura à l'oreille : « Je comprends très bien, mon ange ; ne pensons plus à tout cela. Soyons heureux ensemble tant que le bonheur est encore possible, et tentons d'oublier que le jour est proche où nous devrons nous séparer, peut-être pour toujours. Et lorsque ce jour viendra, nous serons braves et cacherons, aux yeux du monde sinon à nous-mêmes, nos cœurs brisés. »

Noel n'en croyait pas ses oreilles. Il se dit que Mrs Lace était la femme la plus remarquable qu'il eût jamais rencontrée.

« Je t'ai toujours dit qu'elle sortait de l'ordinaire », confia-t-il à Jasper ce soir-là, après avoir lui avoir rapporté toute la scène. Ils étaient dans les meilleurs termes à présent, Noel éprouvait une telle gratitude pour l'intervention loyale de Jasper dans cette affaire qu'il avait pardonné et oublié le petit chantage qui s'en était suivi. Depuis le jour où Jasper était allé trouver Anne-Marie, elle avait témoigné d'un incroyable amour pour Noel, et il reconnaissait qu'il lui aurait fallu des semaines d'une cour maladroite pour obtenir un tel résultat.

Jasper regardait la situation évoluer avec un amusement pervers, et il ne put s'empêcher de raconter à Poppy ce qu'il avait fait.

« Oh, pauvre Mrs Lace, dit-elle en riant, en tout cas je suppose qu'elle n'en a pas gobé un mot.

— Croyez-vous ? Alors pourquoi se montre-t-elle soudain si aimable avec Noel ? C'est à peine si elle le regardait auparavant.

— C'est exact. Je trouve cela très drôle, mais très cruel de votre part, Jasper.

— Pas du tout. Cette femme passe d'excellents moments, et Noel aussi. Je crois au contraire avoir été d'une grande générosité, en particulier parce que j'aurais pu l'avoir d'un simple claquement de doigt, et c'est un morceau de roi, comme vous le savez.

— Vraiment, Jasper, vous êtes impossible. Passez-moi le porte-savon, voulez-vous ? »

Lorsqu'ils se retrouvèrent tous réunis, Poppy ne put résister à traiter Noel avec la plus grande déférence, à l'intention de Mrs Lace.

Quant à Anne-Marie, ses rêves devenaient chaque jour plus extravagants. Elle se voyait désormais comme le personnage central d'une tragédie imminente. La scène des adieux – Noel portant bottes et éperons, couvert de décorations, l'embrassant pour la dernière fois au clair de lune, pendant qu'un écuyer, tenant en bride deux chevaux, l'attendait à distance respectueuse. « Gardez cette bague et portez-la toujours, elle appartenait à ma mère. » Il glisserait le petit gant d'Anne-Marie (ou son mouchoir, il faudrait qu'elle en commande de nouveaux) dans sa ceinture et partirait au galop tandis qu'elle tomberait évanouie sur le sol. De mornes semaines suivraient, pendant lesquelles elle parcourrait les journaux, y cherchant des nouvelles de son triomphe. Puis, beaucoup plus tard, le mariage. Anne-Marie, attirée vers la capitale comme par un aimant, se tiendrait au milieu de la foule tandis que Noel défilerait en grande pompe le jour de son mariage avec une princesse royale d'une laideur effroyable. Son regard se poserait sur elle, dissimulée par un voile opaque, et il devinerait sa présence sous son déguisement. Il deviendrait soudain d'une pâleur mortelle, se mordrait les lèvres au sang, pour cacher son émotion. Puis, retrouvant une contenance royale, il continuerait à chevaucher parmi les vivats de la foule. C'est alors que l'assassin sortirait son arme et que, rapide comme l'éclair, Anne-Marie se jetterait devant lui, faisant un rempart de son corps et arrêterait la balle avant de mourir quelques instants plus tard dans les bras de Noel. En lui fermant les yeux, il arracherait de sa propre tunique la plus haute de ses distinctions et l'épinglerait sur la poitrine d'Anne-Marie. Autre scénario. À l'heure de son triomphe, il la ferait chercher et l'installerait dans un palais magnifique, relié au sien par un passage souterrain. Elle serait son inspiratrice, le guidant avec sa merveilleuse intuition féminine à travers les marécages de la politique nationale et internationale. Les hommes d'État de tous les pays s'inclineraient devant elle et solliciteraient ses bons offices auprès du roi, et quand elle mourrait sa vie remarquable ferait l'objet d'ouvrages en plusieurs langues. À dire vrai, ces possibilités passionnantes étaient sans limite.

Le lendemain de ce rendez-vous avec Mrs Lace, Noel se trouva obligé d'aller à Londres. Son notaire désirait le voir, et une visite à son dentiste était devenue nécessaire. Jasper lui suggéra de profiter de cette occasion pour acheter un petit cadeau à Anne-Marie.

« J'ai toujours entendu dire que ça ne pouvait pas faire de mal à ce stade des opérations, dit-il, et de toute manière tu es plein aux as, n'est-ce pas, vieux frère ? »

Noel répliqua que Jasper n'y était certainement pour rien. Cependant l'idée lui parut bonne et quand il eut fini ses affaires en cours et déjeuné, il se rendit dans un mont-de-piété et acheta une jolie petite aigue-marine montée en bague. Le prix en était très raisonnable, comme le souligna le bijoutier, pour la bonne raison que le marché avait été submergé depuis la vente des bijoux de la couronne impériale de Russie, qui comprenaient plusieurs parures de cette même pierre.

Passant la bague au doigt d'Anne-Marie il dit, pour ajouter une touche de romantisme à son geste : « Cet anneau, mon aimée, a jadis brillé au doigt d'une impératrice, mais elle était loin d'être aussi jolie que vous.

— Une impératrice ! s'écria Mrs Lace. C'est merveilleux ! »

Pendant ce temps les préparatifs du spectacle historique avançaient à grands pas. Il avait été décidé que les résidents du Jolly Roger, Mrs Lace, Eugenia et ses camarades de la branche de Chalford auraient pour tâche de fournir tous les costumes de la pièce et de jouer la première scène, au cours de laquelle George III était accueilli à Chalford House. Puis, entourés de leurs courtisans, George et Charlotte grimperaient sur un petit podium où les attendraient deux trônes, et y resteraient pendant que les scènes suivantes, représentant des événements importants de leur règne, seraient interprétées sur la pelouse devant eux. Ces épisodes avaient été confiés par Eugenia à diverses branches voisines des social-unionistes, chacune étant chargée d'un épisode. (Mr Leader et ses amis, ayant appris que le spectacle serait donné au profit du mouvement d'Eugenia, avaient poliment averti Mrs Lace qu'ils seraient dans l'impossibilité d'y participer.)

Les répétitions de la première scène avaient déjà commencé. Mrs Lace, résignée à la pénible nécessité d'arriver en carrosse en compagnie de Mr Wilkins, fut grandement réconfortée lorsque Jasper lui promit que Noel, déguisé en lord Chalford de l'époque, les accueillerait à la porte d'entrée, et l'aiderait à descendre du carrosse puis la porterait jusqu'au podium où il prononcerait un discours de bienvenue. Eugenia dans le rôle du prince de Galles, Poppy en Fanny Burney et lady Marjorie en duchesse de Devonshire seraient également présentes pour les accueillir avec force révérences. Mrs Lace s'imagina que Noel et elle auraient ainsi bien plus d'occasions de jouer les amoureux que s'ils arrivaient ensemble en carrosse, et elle s'en réjouit. À la fin de la première répétition, Jasper dit à Poppy que, dans les esprits de l'assistance, d'horribles scandales seraient désormais associés au nom jusque-là sans tache de la reine Charlotte.

Ayant gardé le souvenir du talent de son grand-père pour composer des cartes de la Saint-Valentin, lady Chalford avait invité Jasper à écrire et à mettre en scène le spectacle. Une tâche ingrate car chaque décision était source de contrariété pour les uns ou les autres tandis qu'Eugenia le harcelait sans répit, l'incitant à introduire dans sa mise en scène une forte dose de social-unionisme.

« Ma chère enfant, je ne vois pas comment ce serait possible, avait-il dit à bout d'arguments. Réfléchissez un peu, qu'est-ce que George III et le social-unionisme ont en commun ? Absolument rien.

— Et que faites-vous de la Gloire de l'Angleterre ? s'écria Eugenia, grandiloquente.

— La gloire de mes fesses. Les gens ordinaires se souviennent de George III uniquement parce qu'il est devenu fou et qu'il a perdu l'Amérique. C'est tout ce qu'il est censé avoir jamais fait pour l'Angleterre, le pauvre vieux.

— Je n'y peux rien, dit Eugenia. Si nous devons avoir un grand rassemblement social-unioniste et une reconstitution historique, le Parti doit d'une certaine façon y avoir sa part. »

Jasper ne savait à quel saint se vouer.

Le lendemain Eugenia arriva très tôt au Jolly Roger, après avoir passé la nuit dans les affres de l'écriture. Sitôt que Jasper fut levé, elle lui tendit un document, qui se présentait ainsi :

DISCOURS DE GEORGE III

Salut à vous ! et merci pour vos bons vœux, nous sommes heureux de nous trouver parmi nos loyaux sujets aryens de Chalford et du district. Dans notre discours d'aujourd'hui nous allons vous raconter l'étrange rêve poétique que nous avons fait la nuit dernière. Nous avons rêvé que notre glorieux pays allait peu à peu s'enfoncer dans la boue et le limon d'une démocratie en voie de décomposition. L'Amérique, comme vous l'avez certainement remarqué avec horreur, est déjà atteinte de ce mal, et nous nous attendons à devoir bientôt l'expulser de notre glorieux empire ; pourtant même cette remarquable action d'anticipation de notre part n'aura pas de réelle conséquence à long terme. Rien ne peut sauver notre pays de la contagion qui va balayer le monde entier. Mais peu importe, fils de l'Angleterre, ne désespérez pas, car dans notre rêve nous avons vu qu'après avoir été plongés dans la nuit la plus noire, gouvernés – si on peut utiliser un tel mot – par une bande de funestes vieilles femmes qui devraient être mortes depuis longtemps, vous verrez se lever un jour nouveau, ces femmes seront forcées de retrouver le chemin de leurs lits de débauche, et leur place à Westminster sera prise par de jeunes et victorieux camarades. Dans ces jours futurs, les rues retentiront des cris de jeunes gens qui marcheront, chacun brandissant sa bannière, vers le triomphe de la Glorieuse Angleterre. Un nouvel esprit, l'esprit du social-unionisme, se répandra à travers tout le pays, la vitalité coulera à nouveau dans ses veines flasques, l'horrible démocratie mourra de sa belle mort. À présent chantons tous l'hymne social-unioniste, « Patrie des Union Jackshirts, mère du drapeau ».

« Qu'en pensez-vous ? demanda Eugenia, avec inquiétude.

— C'est un beau discours », répondit Jasper, qui avait visiblement avalé sa gorgée de travers et s'étranglait dans son mouchoir.

Quand Mr Wilkins prit connaissance du discours il le déclara excellent mais beaucoup trop long pour qu'il l'apprenne par cœur.

« Oh, vous devez essayer, dit Eugenia. Ce serait dommage de le lire. Apprenez une phrase par jour – vous avez tout le temps nécessaire.

— Je vais m'y efforcer, promit gentiment Mr Wilkins.

— J'espère, dit Eugenia, que vous allez devenir membre du parti social-unioniste. On vous demandera de verser neuf pence par mois, la chemise de l'Union Jackshirt coûte cinq shillings et le petit insigne six pence. Une fois que vous serez inscrit vous pourrez utiliser les locaux du quartier général à votre guise. Je pense pouvoir conclure bientôt des accords concernant la boxe et d'autres sports qui intéressent le Parti, et nous organiserons une soirée chaque mardi. Venez donc nous rejoindre.

— Je ferai n'importe quoi pour vous plaire, miss Eugenia, bien que je craigne de ne pas savoir grand-chose sur le sujet. Mais j'y pense, vous êtes opposés à la Société des Nations et aux étrangers. Dans ce cas je m'inscrirai avec plaisir. Maudits rats d'égout. »

Mr Wilkins avait passé plusieurs années dans des plantations de thé à Ceylan, où « rat d'égout » était apparemment un terme péjoratif courant.

« C'est vrai, dit Eugenia avec ferveur. Certains d'entre nous voudraient stériliser tous les étrangers, vous savez, mais je ne suis pas certaine que notre Capitaine aille aussi loin.

— Voilà de quoi remonter le moral des troupes ! Bien joué ! exactement ce qu'il leur faut. Je pense aussi que Hitler est un type fantastique, bien que je ne sois pas certain qu'il ne pousse pas le bouchon un peu trop loin parfois. Par exemple, descendez autant de bonshommes que vous voudrez, mais ne bousillez pas leurs femmes au petit déjeuner – hein ?

— Au cœur de la bataille, dit Eugenia froidement, le devoir de la femme est de se tenir à la place qui est la sienne, la chambre à coucher. Si elle intervient dans les affaires des hommes elle doit accepter un destin d'homme.

— Il y a quelque chose de vrai dans ce que vous dites, sapristi ; les femmes ont trop tendance à fourrer leur nez dans des choses qui ne les regardent pas, particulièrement de nos jours. Je m'inscris ; vous avez dit que je vous dois combien ?

— Neuf pence par mois, la chemise coûte cinq shillings et six pence pour l'insigne. Vous signez ici. »

Les ennuis de Jasper en tant que metteur en scène du spectacle atteignirent leur comble quand Poppy vint lui dire : « Chéri, Marge voudrait savoir si elle peut être la reine Charlotte à la place de Mrs Lace. Dites oui, je vous en prie.

— Non, franchement, je ne crois pas que ce soit possible, répondit Jasper, et de toute manière pour quelle raison ce souhait soudain ?

— Eh bien, elle ne voulait pas que je vous le dise, mais je suppose que je le dois. Le fait est, voyez-vous, qu'elle s'intéresse à Mr Wilkins, et elle voudrait naturellement se trouver dans le carrosse avec lui.

— Ma très chère, vous devrez lui conseiller d'être raisonnable. Dites-lui qu'elle peut lui faire de l'œil sur le podium autant qu'elle le voudra – elle ferait mieux de prendre des leçons en mimiques amoureuses auprès de Mrs Lace –, mais je ne vois pas comment tous les préparatifs pourraient être modifiés maintenant.

— Mon Dieu ! Marge va être folle de rage. Elle a l'habitude qu'on se plie à ses désirs.

— Tout ce que je peux dire est qu'il lui faudra se résoudre à être furieuse. Écoutez, c'est ma place qui serait en jeu si je devais annoncer à Mrs Lace qu'elle ne peut pas être la reine Charlotte – Noel cesserait de payer mes frais, et vous ne voulez pas que je rentre à Londres sur l'heure, je suppose ! Non, mon ange, je regrette mais c'est hors de question. Je vais vous dire ce que je vais faire, si vous voulez.

— Quoi donc ?

— Je vais vous mordre la nuque.

— Non merci, dit Poppy, j'ai suffisamment de bleus comme ça. »

La question, pourtant, ne fut pas abandonnée pour autant et lady Marjorie en personne donna l'assaut, chaudement encouragée par Eugenia.

« S'agit-il du grand rassemblement social-unioniste, oui ou non ? demanda celle-ci, furieuse, parce que si c'est le cas, il est parfaitement logique que nous réservions les meilleurs rôles aux Jackshirts. Non seulement Mrs Lace n'est pas des nôtres, mais elle est une amie notoire des pacifistes – en vérité, je ne serais pas surprise que l'on découvre qu'elle est une espionne pacifiste. Il serait absurde dans ce cas de la voir en carrosse sous les acclamations des social-unionistes.

— Sans doute, mais vous auriez dû y penser plus tôt, dit Jasper avec irritation, avant que tout soit arrangé. Personnellement peu m'importe qui tiendra le rôle, et de toute façon j'aimerais vous voir tous au fond de la mer, mais n'oubliez pas que cette malheureuse beauté locale se tue au travail pour confectionner vos costumes, et que si elle a envie de jouer le rôle de la moins séduisante reine de l'histoire, je pense que la moindre décence serait de le lui permettre. Quoi qu'il en soit, vous devez vous entendre entre vous, je refuse de lui en parler.

— Oh, je comprends vos raisons, dit lady Marjorie, conciliante. Je lui en ferai moi-même la proposition demain à la réunion du comité. »

Quand elle fut mise au courant, Mrs Lace montra une grande fermeté. Elle écouta avec calme la suggestion qui lui était faite et déclara qu'à son grand regret la robe de la reine Charlotte était terminée, et ne pourrait être ajustée à la taille de lady Marjorie, car il était impossible de lâcher les coutures à la hauteur des hanches et du ventre. Marjorie, à qui jamais personne ne s'était adressé de cette façon, fut plus étonnée que fâchée, et prit sa défaite avec une parfaite bonne humeur. Furieuses, Poppy et Eugenia prétendirent par la suite que Mrs Lace était une punaise, et Poppy lui déclara tout de go qu'elle était le portrait de la reine Charlotte et avait raison de garder le rôle. Malheureusement, son interlocutrice n'ayant pas la plus petite connaissance de l'histoire d'Angleterre, cette flèche du Parthe manqua son but.

Noel et Jasper, qui s'étaient peu vus pendant cette période, convinrent devant un verre au Rose Revived que les femmes étaient en général impossibles, sauf quand elles étaient à la place qu'Eugenia leur attribuait. Noel ne prenait plus désormais le parti de Mrs Lace à tout bout de champ ; certain de l'amour indéfectible qu'elle lui portait, il se permettait d'adopter envers elle une attitude autoritaire et n'était en aucun cas prêt à compromettre à cause d'elle ses relations futures avec Eugenia Malmains.

Mrs Lace, pour sa part, convaincue de la réalité de son aventure romantique, croyait pouvoir se mettre à dos les ex-fiancées des ducs et les petites-filles des comtes avec une parfaite indifférence. La tête haute, elle se permettait le luxe d'être extrêmement désagréable avec tout le monde à l'exception de Noel.

11

Entre-temps, les deux détectives poursuivaient leur mission inquiétante. Ils semblaient ignorer la nécessité de prendre du repos, et les pensionnaires du Jolly Roger les voyaient apparaître à tout propos dans les endroits les plus inattendus. Ils surgissaient de coins sombres comme de sinistres polichinelles, à toute heure du jour ou de la nuit. C'était particulièrement agaçant. Finalement, Jasper fit une tentative héroïque, bien que sans effet, pour gagner leur confiance. Il leur paya à boire au bar. Il s'avéra qu'ils étaient du genre tête de mule, et bien qu'ils se soient suffisamment détendus après le quatrième whisky pour accepter de dévoiler leur profession, et aient fait après le septième quelques révélations surprenantes sur les penchants de la société londonienne d'aujourd'hui, pas plus la ruse que la générosité ne parvint à en tirer davantage. Les deux choses que Poppy souhaitait ardemment découvrir, à savoir si c'était Anthony St Julien ou la mère de la débutante qui les employaient et s'ils étaient au courant de sa relation avec Jasper, restèrent sans réponse, cadenassées au fond d'eux-mêmes. En fin de compte, les deux détectives furent obligés de porter Jasper à l'étage dans son lit, où il resta, tout habillé, fixant l'ampoule électrique au plafond jusqu'à une heure avancée de la matinée.

« Peu importe, dit-il à Poppy, quand il fut à peu près remis de l'intoxication alcoolique qui s'ensuivit, je suis dans les meilleurs termes avec eux à présent, ce qui est toujours appréciable. Le pire est que j'ai l'impression de leur avoir dit que nous étions fiancés. Est-ce important, à votre avis ?

— Je n'en sais rien, dit Poppy. Je ne crois pas que ce soit très malin de votre part et de toute manière nous ne le sommes pas.

— Oh ! Nous ne le sommes pas ? Je croyais que si.

— Pas le moins du monde, dit Poppy. Vous pourriez vous rappeler que j'ai déjà un mari admirable, non ?

— Admirable me paraît un euphémisme. En outre, il est évident pour tout homme doué de raison que vous êtes prête à entamer une procédure de divorce.

— Ce n'est pas une raison pour avoir envie de vous épouser, répliqua Poppy, et en tout cas j'espère que vous êtes particulièrement prudent lorsque vous traversez la chambre de Marjorie. N'est-ce pas, Jasper ?

— Je le suis quand je m'en souviens. Il est terriblement aisé d'oublier ce genre de choses.

— Je vous serais très obligée malgré tout de ne pas l'oublier. Après tout, il me suffit de tenir le coup assez longtemps et Anthony St Julien sera forcé de m'accorder le divorce. Nous pourrons alors mener la belle vie.

— Jusqu'à un certain point. Souvenez-vous des moments atroces que traverse l'individu innocent avant que le jugement soit prononcé, avec le juge qui ne le lâche pas d'une semelle. Je pense souvent qu'on devrait considérer une question sous tous ses angles avant de décider de passer à l'action. Cependant je vois que vous admettez que nous sommes fiancés ; c'est toujours ça.

— En fait, je n'admets rien du tout.

— Écoutez, j'ai imaginé un très bon plan qui pourrait nous permettre de trouver de quoi vivre. Nous allons rendre visite à mon grand-père, qu'on a mis au placard dans un asile d'aliénés non loin d'ici. Peut-être tombera-t-il amoureux de vous – cela semble une habitude dans la famille – et aboulera-t-il le fric. On ne sait jamais.

— S'il est au placard je ne vois pas quel fric il pourrait abouler, dit Poppy.

— C'est là que vous faites erreur, miss je sais tout. Mon grand-père est dans un genre de placard très particulier, réservé aux pairs du royaume qui ont l'esprit dérangé, et dont les règles sont très différentes de celles des asiles ordinaires. Il a été fondé par une riche vieille pairesse en 1865, elle-même visiblement cinglée ; elle l'a fait construire sur les plans exacts de la Chambre des Lords afin qu'ils se sentent chez eux, et elle en a rédigé par la même occasion les règles. J'en ai obtenu une copie, pensant que cela pourrait un jour être utile – la voici. » Il sortit une liasse de feuillets dactylographiés de sa poche. « Je vais vous lire les passages intéressants. Pour commencer, il y a une sorte de préface, qui souligne que l'insanité est une affliction pouvant frapper chacun de nous, du plus humble au plus noble, et que par conséquent même les pairs du royaume peuvent être sujets à cette douloureuse maladie. La vieille dame poursuit en qualifiant de scandale, de tache sur le nom de l'Angleterre, le fait que tant de ces malheureux et honnêtes gentlemen soient restés si longtemps condamnés à s'éteindre, sans qu'ils y soient pour rien, dans l'atmosphère grossière et haïssable d'un asile de fous ordinaire. Ce scandale apparemment pesait d'un tel poids sur son esprit qu'elle passa le plus clair de son temps à visiter ces pauvres diables, à s'efforcer d'adoucir leur existence en leur faisant la lecture, leur enseignant la gravure sur bois, leur fournissant, dans la mesure où les règles des asiles le permettaient, ces petits extras qui aident à supporter la vie. "Je pense, dit-elle, et notre chère reine a été assez bienveillante pour approuver mon sentiment à ce sujet, que le plus que l'on puisse faire pour ces gentlemen qui ont si loyalement servi leur souverain et leur pays, mais qui à la suite d'un imprévisible coup du destin sont devenus incapables, non seulement de poursuivre ce service, mais de profiter des agréments de la vie, et pis encore sont coupés de la société, de leurs proches et de leurs compagnons que cette affliction a jusqu'ici épargnés, que le plus que l'on puisse faire, donc, n'est jamais trop." Et ainsi de suite. Maintenant – vous m'écoutez, miss Smith ? – voici la règle sur laquelle reposent mes espoirs, la règle numéro 6.

« "Afin que ces nobles infortunés puissent conserver ce degré de respect de soi que leur naissance devrait garantir, mais dont ils sont trop souvent dépouillés par les circonstances, les résidents de

Peersmont auront l'autorisation, dans le cadre de cette fondation, de garder le plein contrôle de la moitié de leurs revenus durant leur vie, et la disposition entière et sans réserve, par testament, de la moitié de leur fortune après leur mort."

« C'est très simple, n'est-ce pas ? Elle a édicté toutes les règles applicables sur place et elles ont été ratifiées par un Acte du Parlement. Or il se trouve que je sais que ce cher vieillard, mon grand-père, possède une fortune de plus d'un million de livres et que c'est un fieffé radin, donc, en imaginant qu'il a conservé pour lui-même disons vingt-cinq mille livres par an pendant les trente années qu'il a passées à Peersmont, il doit maintenant valoir un sacré paquet d'argent. D'un autre côté, espérer en soustraire une miette est aussi facile que de faire pleurer les pierres. Je sais que ma pauvre mère est allée le voir pendant des années et n'a jamais réussi à lui soutirer un penny. L'oncle Bradenham est un grippe-sou lui aussi, c'est une caractéristique de la famille.

— Ce n'est pas très encourageant, dit Poppy.

— Pas encourageant du tout, croyez-moi, c'est pourquoi je n'ai jamais pris la peine d'aller voir le vieux jusqu'ici. Malgré tout, on ne risque rien à essayer, et ce serait drôle de voir à quoi ressemble Peersmont. Lady Chalford me propose à tout bout de champ d'utiliser sa voiture, je propose donc que nous allions là-bas un jour de cette semaine et que nous tentions notre chance.

— OK », dit Poppy d'un ton indifférent.

Jasper alla trouver lady Chalford pour lui parler du spectacle, comme il le faisait presque chaque jour, et lui demanda s'il pouvait emprunter sa voiture. Ils étaient en très bons termes ; elle le trouvait charmant et ne cachait pas son souhait de le voir entrer dans sa famille en épousant Eugenia ; Jasper, de son côté, s'attachait de plus en plus à la vieille dame.

« Certainement, dit-elle, je serai enchantée de vous prêter la voiture. Oui, emmenez Poppy avec vous, cela fera du bien à ce vieux Driburgh de voir son joli visage. Quel jour souhaitez-vous y aller ? Demain ? Très bien, je vais dire au jardinier de cueillir quelques belles grappes de raisin et des pêches que vous offrirez à ce cher Driburgh de ma part avec tous mes souhaits. Je suis impatiente de savoir comment vous l'aurez trouvé. »

Ces paroles ravirent Jasper. Des grappes de raisin et des pêches de qualité manquaient cruellement au Jolly Roger, où les fraises étaient terminées et les framboises de jour en jour plus ramollies.

« S'il vous paraît plus ou moins avoir les idées claires, poursuivit lady Chalford, sans soupçonner les pensées ténébreuses tapies dans l'esprit de son jeune ami, mon cher mari et moi serions très heureux de le recevoir à la maison un jour prochain. Je me demande, par exemple, si le directeur lui permettrait d'assister au spectacle. De toute manière, je laisse l'affaire entre vos mains, Mr Aspect, agissez pour le mieux. »

Lady Chalford parla alors du spectacle. « Vous avez tous été d'une exquise gentillesse. Je vous suis plus reconnaissante que je saurais le dire de m'avoir épargné tout souci à ce sujet. Il eût été au-dessus de mes forces d'organiser un événement de ce genre, après avoir vécu comme une recluse pendant si longtemps. Cette chère petite femme, Mrs Lace – vous avez été bien inspiré de la trouver. Elle me dit connaître tous les voisins à des milles à la ronde. Je lui ai demandé de revoir ma liste afin que nous puissions envoyer les invitations. Le régisseur de mon mari y jettera un coup d'œil et me donnera son avis sur les gens, afin que je sois tout à fait sûre de ne convier personne qui pourrait ne pas convenir à ma petite Eugenia. On ne saurait se montrer trop prudent, naturellement. Mrs Lace est, m'a-t-il dit, la fille d'un pasteur local, et je sais que Lace est un nom respecté dans les environs, la famille réside à Comberry depuis un siècle ou plus et le major Lace est diacre. Je suis contente qu'Eugenia se soit liée d'amitié avec eux, ce sont des gens tout à fait convenables. Maintenant, dites-moi, quand le mari de cette chère Poppy est-il attendu ? »

12

Poppy et Jasper parcoururent à bonne allure les quelque seize milles de l'Angleterre rurale qui séparaient Chalford de Peersmont au volant d'une vieille Rolls-Royce de couleur bordeaux, seule concession faite par lord et lady Chalford à l'ère du progrès. Au lieu d'être conduits à moitié allongés dans leur siège, sans rien voir que la peinture brillante du capot, comme dans les voitures modernes, ils étaient assis droits comme des i et profitaient de la pleine vue du paysage estival. L'intérieur de la voiture sentait un peu le moisi et la garniture des sièges était dissimulée sous des housses en toile de hollande.

La campagne était de toute beauté, recouverte en alternance de blés dorés, de bois sombres et de chaumes couleur citron piqués de moyettes de blé. La chaleur était intense. Poppy s'attrista à voix haute à la pensée que dans peu d'années toutes ces belles étendues presque vierges seraient probablement recouvertes de vilaines petites habitations bon marché.

« Quand on pense au Sussex, dit-elle avec un frisson, ce serait tellement agréable si l'Angleterre pouvait devenir plus pauvre, plus petite, plus discrète parmi les nations et à nouveau civilisée.

— S'appauvrir ne la rendrait pas nécessairement plus civilisée, dit Jasper. La civilisation repose sur un facteur économique particulier, l'extrême inégalité des richesses. L'inévitable avènement du socialisme, qu'il soit national ou international, portera le coup fatal à ce qu'il reste de notre civilisation.

— Si tel est votre point de vue, je suis surprise que vous ayez rejoint le parti d'Eugenia, qui est visiblement une forme de national-socialisme, non ?

— Je préfère le socialisme national à l'autre sorte, c'est tellement plus romantique. Par ailleurs, je suis enclin à penser que la civilisation occidentale que nous connaissons a besoin de sortir de son agonie le plus tôt possible. Elle est vieille et fatiguée, le temps des ténèbres nous menace d'une façon ou d'une autre, et je préférerais le voir s'avancer avec drapeaux et trompettes plutôt que nous gagner subrepticement au son de la machine à écrire. Je suis fondamentalement, je suppose, un nihiliste.

— J'ignore ce que c'est, dit Poppy.

— Non ! Mais vous avez un horizon très limité, alors.

— Pas du tout.

— Oh que si. Comme la plupart des femmes vous vous souciez uniquement de célébrités, les choses ne vous intéressent pas.

— C'est archifaux. Je suis affreusement intéressée par les choses, au contraire – je meurs d'envie d'un manteau de zibeline.

— Ne soyez pas si insolente, c'est agaçant.

— Eh bien, c'est un fait, dit Poppy d'un air de défi, et je serais au comble du bonheur si j'en possédais un.

— Vraiment ! Les femmes sont incroyables.

— Merci quand même, chéri, vous m'aimez, n'est-ce pas ?

— Je suis obligé d'avouer que oui. Mais je vous aimerais bien davantage si vous étiez égale à moi sur le plan intellectuel.

— Comme je ne cesse de vous le dire – vous devriez épouser Marge. Elle parle quatre langues.

— Comme je ne cesse de vous le dire, rien ne me conviendrait davantage, mais vous êtes d'une incroyable paresse, vous ne faites aucun effort pour m'arranger ça.

— Trop tard maintenant, elle est folle de Mr Wilkins – complètement dingue. Vous n'imaginez pas à quel point elle est entichée de cet homme.

— Plus que vous ne l'êtes de moi ?

— Beaucoup plus. Il est littéralement le seul homme dont elle ait jamais été folle, vous comprenez, si bien qu'elle le croit parfait. Elle n'a rien d'autre pour comparer.

— Je suis obligé de dire qu'elle a beaucoup changé depuis. Elle est devenue très aimable envers moi au lieu de me rembarrer chaque fois que j'ouvre la bouche comme elle le faisait avant. L'amour est une chose remarquable, d'une certaine façon. Alors que va-t-elle en faire ?

— Eh bien, je crois qu'elle a écrit à Osborne pour lui annoncer que leurs fiançailles sont définitivement rompues – elle le menait par le bout du nez auparavant, comme Nellie Bly qui ne voulait pas que les femmes restent à la maison, vous vous souvenez. Dites donc, regardez cette petite maison blanche. Je ne refuserais pas d'y habiter, pas vous ?

— Et quelles sont ses intentions à l'égard de Mr Wilkins ?

— Parfaitement honorables. Elle a décidé d'attendre une quinzaine de jours, et ensuite de lui demander de l'épouser s'il ne l'a pas encore fait. Je suis sûre qu'il n'aura rien décidé, c'est manifestement un homme sans grande imagination et de peu d'initiative.

— Bien sûr, c'est une femme qui reste trop à l'horizontale, dit Jasper d'une voix songeuse. Tout de même, je dirais que Mr Wilkins a une sacrée chance.

— Oh, sûrement.

— À combien s'élève sa fortune ?

— Elle est fabuleusement riche. Son père a laissé quelque chose comme trois millions, je crois.

— Ça me rend malade, dit Jasper, voyez-vous c'est la preuve que je suis un nihiliste, sinon pourquoi devrais-je être fiancé avec la seule fille pauvre de la paroisse ?

— Vous n'êtes pas fiancé. Et il reste Eugenia, dit Poppy.

— Eugenia est une fille formidable, mais c'est vous dont je suis amoureux, chère miss Smith.

— Bon, dit Poppy, en se pressant contre lui et passant son bras autour de sa poitrine. Dites donc ! il y a quelque chose de dur et de bombé dans votre poche – qu'est-ce que c'est ?

— Comme il est peu vraisemblable que nous obtenions quoi que ce soit du vieux, j'ai concocté de transformer cette visite en termes de rentabilité à la première occasion. Je connais un type de l'*Evening Banner* qui me filera cinquante livres pour une photographie du grand-père – il paraît qu'ils n'en ont qu'une, prise il y a soixante-dix ans dans son costume de petit lord, et comme il risque de mourir bientôt il leur en faudra une plus récente pour la notice nécrologique. J'ai donc apporté ce "Kodak" – ils sont strictement interdits à Peersmont. Je l'ai trouvé chez Mrs Lace à ma première visite et j'ai pensé qu'il pourrait me servir. »

En arrivant à Peersmont, ils s'arrêtèrent au pub et prirent ce que Poppy qualifia ensuite de déjeuner modérément délicieux mais parfaitement écœurant. Ils s'attardèrent trop longtemps à table si bien qu'il était déjà quatre heures passées quand ils se remirent en route, toujours dans la Rolls-Royce, pour la maison de fous. Ils franchirent une sinistre porte cochère victorienne flanquée de hautes murailles noires, au sommet desquelles se dressait une double rangée de pointes en spirale. À l'intérieur, le parc était sombre et humide, peuplé de conifères au milieu desquels apparurent soudain les tours et les flèches du Parlement, qui semblaient étrangement déplacées dans ce décor rustique. Le chauffeur s'arrêta sans hésitation à l'entrée et la portière de la voiture fut aussitôt ouverte par un agent de police, qui demanda quel était l'objet de leur visite.

« Le duc de Driburgh ? demanda Jasper d'un ton désinvolte.

— Je crois que Sa Grâce est à la Chambre en ce moment, répondit l'homme. Voulez-vous avoir l'amabilité de me suivre, je vais prévenir le directeur de votre visite. Quel nom, je vous prie ? »

Ils franchirent la cour à sa suite vers ce qui aurait dû être la Chambre des Communes mais était, s'avéra-t-il, la partie résidentielle de l'asile. Le directeur était assis dans une petite pièce gothique décorée avec excès de sculptures de bois, où il les reçut chaleureusement. C'était un charmant jeune homme.

« Le duc de Driburgh ? dit-il, quand Jasper eut décliné son identité. Magnifique ! Le duc sera extrêmement heureux de vous voir, j'en suis convaincu. Bien, la Chambre siège en ce moment, pouvez-vous attendre que la séance soit levée ? Cela ne devrait pas durer plus d'une demi-heure, il y a très peu d'affaires à traiter aujourd'hui. En fait je l'enverrais chercher tout de suite s'il ne remplaçait notre Chancelier, lord Rousham, qui est porté malade à nouveau – non, rien de sérieux, je m'empresse de vous rassurer. Il vient seulement de grimper au faîte d'un gros orme et s'y fabrique un nid. Nous ne l'en empêchons pas pour le moment, nous ne sommes pas censés leur interdire de se livrer à des activités inoffensives de la sorte. Il ne risque pas d'attraper un rhume par cette chaleur et les autres aiment regarder le nid évoluer. C'est une distraction pour eux.

— Comme c'est intéressant, dit Jasper. Et mon grand-père a-t-il des petits passe-temps de cette sorte ?

— Rien qui soit le moins du monde spectaculaire. Il a une passion pour la construction et lit les ouvrages de Rider Harrard. Quelques briques et un seau de peinture blanche font son bonheur pendant des heures, il prend la peinture pour du mortier, voyez-vous. Mais il n'a jamais eu de crise depuis son arrivée ici, il est très facile de mon point de vue.

— Pour quelle raison est-il enfermé ? demanda Jasper. Je me suis souvent posé la question, mais cela s'est passé des années avant ma naissance et on est resté très discret dans la famille depuis.

— Je n'en suis pas vraiment certain moi-même – je pourrai jeter un coup d'œil dans les registres si vous le désirez. Voyons. (Il ouvrit un tiroir et en sortit un fichier.) A, B, C, D, Driburgh. Nous y voilà. Oh oui, bien sûr, je me souviens maintenant. Il chassait dans sa propriété et quelque chose l'a contrarié – les oiseaux allaient dans la mauvaise direction ou je ne sais quoi. En tout cas, le résultat fut qu'il a délibérément tiré sur un garde-chasse et trois rabatteurs, deux doublés. Un étrange petit accès de colère, il semble toujours calme et raisonnable ici. Une figure marquante dans le monde politique, vous savez.

— Et quelles sont ses opinions politiques ? » demanda Poppy avec un léger gloussement, aussitôt réprimé à la vue du regard sévère que lui lançait le directeur. Elle en conclut que les plaisanteries sur les internés et leurs excentricités n'étaient guère de mise. « Le duc est incontestablement Tory et anti-livres blancs[1].

— Mais j'imagine qu'ils le sont tous, dit Jasper.

— Mon cher monsieur, vous vous trompez du tout au tout. Nous avons assez peu de pairs réactionnaires, la majorité d'entre eux sont des partisans de Baldwin ; parmi les libéraux il en est qui sont des penseurs extrêmement progressistes, et nous pouvons nous vanter d'avoir pas moins de quatre communistes et deux nationalistes écossais. »

1. Série de lois et de mesures fixant la politique mandataire relative à la situation en Palestine. (*N.d.T.*)

Une sonnette électrique retentit à deux reprises sur la table du directeur.

« La Chambre lève la séance, dit-il, encore plus tôt que je ne m'y attendais. Venez avec moi, voulez-vous, je vais vous conduire auprès du duc. À propos, cet objet dans votre poche – ce n'est pas un appareil photo, n'est-ce pas ?

— Pas du tout, répondit Jasper. Je suis affligé d'une certaine surdité et je porte un appareil pour m'aider à entendre. »

Le directeur rougit. « Veuillez m'excuser. J'étais dans l'obligation de vous poser cette question, car les appareils photo sont strictement interdits ici.

— Naturellement », dit Jasper.

Ils furent alors conduits sur la terrasse qui, comme son prototype de Westminster, surplombait une étendue d'eau et était couverte de délicates tables à thé. Affluant vers elle en provenance d'une autre entrée arriva un groupe de vieux gentlemen à l'air sinistre. Quelques-uns d'entre eux formaient de petits groupes plongés dans des conversations animées tandis que d'autres se dirigeaient tout droit vers les tables à thé, commandant à voix haute des glaces à la vanille, des crêpes, de la confiture de framboises ou des saucisses et de la purée.

« Ah ! duc », dit le directeur. S'avançant au milieu de l'un des groupes, il saisit par le revers de son veston un vieil homme de haute taille, quelque peu ventripotent mais plutôt bel homme, et l'entraîna vers l'endroit où Jasper et Poppy attendaient. « Voici deux visiteurs qui désirent vous voir, votre petit-fils Mr Aspect et Mrs St Julien.

— Mon Dieu », s'exclama le duc, montrant une émotion exagérée. Ses yeux humides s'embuèrent et une grosse larme éclaboussa le sol. Il s'empara du bras de Jasper en deux endroits et le secoua avec vigueur. « Mon garçon. C'est très gentil de ta part de venir voir ton vieux grand-père. Peu de mes descendants s'en donnent la peine, ces temps-ci. »

Le directeur s'éloigna discrètement.

Le duc salua alors Poppy en s'inclinant poliment et les conduisit tous les deux vers une table voisine. Lorsqu'ils furent assis Jasper dit : « Ma *fiancée** », en désignant Poppy.

— Oui, oui, je présume, dit le duc. Charmante petite lady. J'ai toujours pensé, dans mes jeunes années, que rien ne surpasse une jolie veuve, et vous êtes une très jolie veuve, ma chère, si je puis me permettre de donner mon avis. » Il pressa son pied gentiment sur celui de Poppy sous la table. Elle lui adressa un sourire engageant, sur quoi il entreprit de lui prendre la main. « Et quand allez-vous vous marier, si je ne suis pas indiscret ? – heureux homme, dit-il en se tournant vers Jasper, mais retenant fermement la main de Poppy.

— C'est justement ce que dont nous désirions vous entretenir, monsieur, dit Jasper, car nous ne voudrions rien faire sans votre approbation, bien sûr. Dès que Mrs St Julien a consenti à devenir mon épouse, j'ai dit que nous devions vous demander votre bénédiction. Nous séjournons à Chalford, voyez-vous.

— Sur mon âme, c'est très courtois et attentionné de ta part, jeune homme, s'écria le duc. Pas un seul de mes propres enfants ne s'en est jamais soucié, je suis touché au plus haut point. Charmante petite madame aussi, charmante. Ainsi, quelle est ton occupation ces temps-ci, Jasper, mon cher enfant – soldat, marin, fabricant de chandeliers, que sais-je ?

— Eh bien, pour le moment, je n'en ai aucune, dit Jasper. Je suis un homme oisif, diriez-vous. » Il n'était pas très sûr de la façon dont cette nouvelle serait reçue. Les personnes âgées de sa connaissance essayaient toujours de le contraindre à accepter des places sans le moindre attrait. Il n'avait pas à s'inquiéter, le duc était ravi.

« C'est une sacrée bonne nouvelle, sapristi, dit-il, sacrément bonne. Je crois que tu es le seul de mes petits-fils qui ne soit pas dans le commerce. Je déteste le commerce, il ne convient pas à un gentleman. Les gentlemen, mes petits-fils, devraient avoir des loisirs, des loisirs en quantité, je déteste toute cette frénésie, se lever tôt le matin pour vendre des automobiles et autres inepties. C'est ce que font les fils de Bradenham, totalement inconsidéré de leur part, à mon avis. Contraire aux traditions d'une vieille famille. Les gentlemen devraient faire de la politique, c'est leur devoir – gouverner notre pays, c'est la seule chose pour laquelle ils soient faits.

« Et quelles sont tes idées politiques, mon garçon ?

— Je suis un irréductible Tory opposé aux livres blancs, dit Jasper délibérément.

— Splendide. Je vois que nous allons nous entendre à merveille. Et tu ne comptes pas siéger au Parlement ?

— Ce n'est pas dans mes moyens, dit Jasper, qui attendait avec impatience le moment d'amener la conversation sur le sujet de l'argent.

— Normal. Personne ne peut accepter de se mêler à cette racaille de la Chambre des Communes, c'est la plus grave erreur, crois-moi. Si tu patientes assez longtemps ils seront obligés de te donner un titre de noblesse, ils le font toujours à la fin, et ensuite tu pourras venir ici. C'est la seule assemblée législative qui vaille la peine, crois-moi. »

Il y eut un silence pendant lequel Jasper se creusa la cervelle pour trouver les termes les mieux adaptés à sa requête. Le duc, toutefois, lui épargna cette nécessité en disant : « Mon souhait le plus cher, mon garçon, serait de pouvoir payer tes dettes et te verser une rente, mais voilà – j'espère que tu comprends la situation. Je suppose que je suis plus pauvre que tu ne l'es, en l'occurrence. »

Jasper regarda Poppy et leva les yeux au ciel.

« Nous autres propriétaires terriens, poursuivit le duc sommes très rudement touchés ces temps derniers. Depuis que le vote du budget nous a été retiré, le pays est allé à vau-l'eau. Nous avons eu un gouvernement socialiste après l'autre, je ne sais pas qui est plus socialiste, les gens du Labour ou ces insipides, poltrons, malfaisants partisans des livres blancs, soi-disant conservateurs. C'est un scandale. Ils prennent la moitié de vos revenus avant même que vous les ayez perçus, et l'autre moitié peu après. Des temps difficiles pour les millionnaires, crois-moi. Et tu sais que mes frais ici (il baissa la voix) sont très, très lourds. Tiens, un thé coûte six pence, et j'avoue que je prends volontiers une petite crêpe pour l'accompagner parfois – quatre pence ! On profite de notre situation, bien sûr. Cependant, je vais te dire ce que je vais faire, mon garçon. Je vais appeler ma banque et voir s'il me resterait une babiole que cette charmante jeune femme pourrait accepter comme cadeau de mariage.

— Oh, merci beaucoup, vous êtes trop gentil », dit Poppy aimablement. Jasper imagina un médaillon en perles de culture et se renfrogna.

Au même instant, une légère commotion éclata de l'autre côté de la terrasse. Deux infirmiers en uniforme s'élancèrent et s'emparèrent d'un jeune homme d'apparence peu soignée qui gesticulait de façon frénétique. Les autres pairs ne semblaient pas concernés.

« C'est Gunnersbury, dit le duc, un garçon redoutable. Un abominable socialiste.

— Le pauvre, il a l'air dans tous ses états, dit Poppy.

— Tous les pairs du Labour sont très inquiets en ce moment, à cause d'une de leurs lois que nous avons torpillée la semaine dernière. Ils l'ont appelée le “péage des routes”, ou une idiotie de ce genre, et ils nous ont gardés jusqu'à quatre heures du matin à parler un incroyable charabia. Il s'avère que tous les ans quelques milliers de personnes sans importance sont tuées sur les routes, et ce cinglé de Gunnersbury, soutenu par quelques imbéciles chochottes des bancs du Labour, a présenté un projet de loi pour abolir tout transport routier. Ces socialistes attribuent une valeur tout à fait exagérée à la vie humaine, tu sais. Ridicule. Comme je l'ai dit dans mon discours : “Nous n'allons pas faire tout un plat pour quelques morts, nous ne sommes pas en guerre, n'est-ce pas ? Nous n'avons pas besoin de chair à canon ? Alors en quoi sont-elles utiles ? Qu'ils meurent sur les routes, ils sortent des statistiques du chômage et personne n'en saura rien."

— Je comprends votre point de vue, dit Jasper. Je présume que vous avez eu un débat plutôt animé.

— Très animé à la vérité. Cependant, nous les Tories l'avons emporté – nous l'emportons toujours, bien entendu. C'est la voix de la raison qui prime dans cet établissement. En attendant, ces types du Labour sont une vraie calamité, à toujours présenter une loi ridicule après l'autre, et ensuite à faire tout un foin parce qu'ils se retrouvent en minorité. Ce qui est une sacrée chance pour le pays, si tu veux mon avis. Ce vieil imbécile de lord Williams, communiste bon teint, figure-toi, a déposé une loi l'autre jour pour essayer de substituer des pissenlits aux feuilles de fraisier sur nos couronnes et des peaux de lapin à la place de l'hermine sur nos robes. À le voir, on croirait que le pauvre homme a perdu l'esprit. »

Le duc les emmena ensuite faire une courte promenade dans le parc. Pendant leur marche, Jasper se débrouilla pour prendre plusieurs instantanés prometteurs de son grand-père ainsi qu'une étude intéressante de lord Rousham, qui, surveillant leur passage du haut de son nid, commença à les bombarder de pelures d'oranges, tout en jacassant seul.

« Merveilleux camarade, ce Rousham, dit le duc, sans même se donner la peine de lever la tête. Il sait tout faire, vois-tu. C'est un nid de première classe qu'il s'est fabriqué. On m'a raconté qu'il est entièrement tapissé de fragments de l'*India Report*. Naturellement il nous manquera à la Chambre, mais je parie qu'il fait un aussi bon travail là-haut. »

Ils furent alors rejoints par le directeur, venu informer Jasper que tous les visiteurs devaient quitter le parc à six heures.

« C'est-à-dire dans dix minutes, précisa-t-il. Vous devriez revenir et emmener le duc faire un tour au dehors. Nous donnons toujours l'autorisation de sortie aux plus raisonnables. Il y a une excellente petite pâtisserie dans le village et ils y vont volontiers, cela leur fait un agréable changement.

— Je reviendrai, dit Jasper. J'avais pensé l'emmener rendre visite à lady Chalford, sachant qu'elle en serait heureuse. Et, à propos, il y a une garden-party et un spectacle historique à Chalford mercredi de la semaine prochaine et elle m'a chargé de vous demander si vous accepteriez d'y assister et d'amener certains pairs avec vous. »

Le directeur accepta l'invitation avec empressement, imité aussitôt par le duc de Dridburgh. Ensuite, Poppy et Jasper, plus épuisés que s'ils avaient passé la journée avec un petit garçon à son école, montèrent dans leur Rolls-Royce et s'éloignèrent.

13

Les jeunes artistes de Rackenbridge pâtirent au plus haut point de l'obsession de Mrs Lace pour sa nouvelle histoire d'amour. Leurs cœurs étaient peut-être moins affectés que leurs estomacs, les émotions de ces jeunes gens n'avaient jamais été très ébranlées par un jupon, mais jusqu'à aujourd'hui ils avaient toujours pu compter sur le manoir de Comberry et sa châtelaine pour des agréments tels que des repas gratuits et de l'argent de poche durant l'été. Cette année un triste changement était survenu. La petite colonie était à Rackenbridge depuis plus d'un mois, et pas un seul tableau, pas une seule photographie, pas une poterie ou pièce de tissu n'avait fait l'objet d'une commande par leur protectrice, pas plus qu'elle n'avait introduit dans les ateliers, comme elle le faisait en général, le moindre naïf visiteur. Presque pire, à cette désespérante situation matérielle il fallait ajouter que plus aucun repas n'avait lieu à Comberry. Les jeunes artistes étaient las des œufs brouillés et des sardines qu'ils mangeaient assis par terre dans leurs ateliers, ils rêvaient de prendre place à une table et d'attaquer un rôti.

Cet état des choses fut à juste titre imputé à Noel. De même qu'il la distrayait totalement de la routine de son existence, il avait ébranlé la foi de Mrs Lace dans le génie de ses amis. Il lui assurait qu'ils étaient de parfaits inconnus à Londres, et l'attitude qu'il affichait envers leur travail était tout aussi déroutante. Par exemple, après avoir jeté un regard rapide à la série de photographies de Mr Forderen intitulée « Anne-Marie dans ses exquises sautes d'humeur » qui, à l'époque où elles furent prises un an auparavant, avait provoqué l'enthousiasme le plus vibrant à Rackenbridge, il avait fait remarquer négligemment qu'elle ferait mieux de se faire prendre en photo par un véritable photographe.

« Ne voyez-vous pas, avait dit Anne-Marie, que ces prises de vue ne me représentent pas moi, mais mon humeur du moment, celle-ci, par exemple, “Pensive à la lumière du feu”, n'est-elle pas remarquable ?

— Non, pas vraiment, dit Noel, dont la propre humeur ce jour-là n'était pas des plus ensoleillées. Ce n'est rien d'autre qu'un instantané vous représentant l'air ému. Franchement, je ne vois nul mérite à aucune d'entre elles et, comme je l'ai déjà dit, tous ces jeunes esthètes de Rackenbridge me semblent surtout affreusement conventionnels, et artificiels par-dessus le marché. »

Résultat de cette conversation, les photos furent retirées des murs du salon d'Anne-Marie, où elles avaient longtemps exaspéré le major Lace, et reléguées dans un des cabinets de toilette du rez-de-chaussée. Et c'est là que les découvrit le pauvre Mr Forderen lors de la réception.

Sous la pression de ces circonstances, Rackenbridge oublia les mesquines jalousies qui troublaient habituellement sa paix et décida à l'unanimité d'un programme d'action. Mr Leader, qui, jusqu'à présent, avait été le favori envié mais reconnu de Comberry Manor, fut chargé de détourner Mrs Lace de son amoureux philistin ou, si cela s'avérait impossible, de souligner que ses anciens amis avaient droit à une petite part de son temps et de son attention. À cette fin, il lui adressa un court billet accompagné d'un pot rempli de miel, dans lequel il la suppliait de lui accorder un rendez-vous à minuit à un endroit connu d'eux seuls, un petit tertre de verdure surmonté d'un chêne géant. Il connaissait suffisamment son Anne-Marie pour être convaincu qu'elle aurait refusé de le rencontrer s'il lui avait donné rendez-vous comme d'habitude à six heures, mais ne pourrait résister à la perspective d'une scène de désespoir au clair de lune. Comme prévu, aux douze coups de minuit, elle se glissa hors du lit conjugal, laissant le major Lace en compagnie de ses sonores ronflements que seul un tremblement de terre aurait pu interrompre. Jetant un peignoir de mousseline sur sa chemise de nuit de la même étoffe, elle s'élança d'un pas léger pour aller rejoindre Mr Leader sous son chêne.

En la voyant s'avancer, il fit un pas vers elle et, tendant ses deux mains, s'écria : « Mon beau cygne ! », espérant ainsi évoquer le souvenir romantique d'une époque où elle et lui à Rackenbridge étaient connus comme « Leader et le Cygne[1] ».

1. Allusion mythologique à Léda et le Cygne. (*N.d.T.*)

« Vous êtes plus ravissante que jamais ce soir. Êtes-vous une habitante de cette planète, merveilleuse créature, ou venez-vous vers nous d'une autre sphère ? »

Anne-Marie s'installa sur le tapis de verdure, prit une pose classique et leva vers lui ses yeux sombres.

« Je suis venue, dit-elle, son accent étranger plus prononcé que jamais. C'était dangerrreux et tant difficile, mais je suis venue. Qu'est-ce donc que vous voulez – *que veux-tu mon ami ?*

— Tout, dit Mr Leader, d'un ton chagrin, tout ou rien. »

Anne-Marie se renversa en arrière et attendit l'accès de passion qu'elle avait espéré ; elle ne fut pas déçue. Adoptant l'attitude qui lui avait si bien réussi lorsque, interprétant Hamlet et Ophélie, Anne-Marie et lui avaient soulevé l'enthousiasme de Rackenbridge deux ans auparavant, il commença à l'accuser d'infidélité, non aux personnes, mais à la cause éternelle de l'Art. Il lui dit qu'elle seule pouvait faire naître l'inspiration chez ceux qui l'aimaient si profondément que rien n'avait été créé de bon cette année à Rackenbridge, et ne pourrait plus l'être jusqu'à ce qu'elle consentît à nouveau à briller comme une étoile en leur sein. Individuellement ils pouvaient supporter de la perdre même s'ils devaient en mourir, mais comme artistes ils se devaient de la rappeler à elle-même. Mr Leader parla avec feu pendant un long moment, durant lequel Anne-Marie pleura et y prit grand plaisir, regrettant surtout que Noel ne puisse l'entendre. Quand elle eut enfin la possibilité de parler, elle dit que ceux pour qui elle comptait tant devaient faire l'immense effort de la comprendre aujourd'hui. Elle expliqua qu'elle était sans doute l'une des plus grandes amoureuses qui existât sur terre, et que son amour pour Noel serait rapporté dans les annales futures comme l'un des plus grands de l'histoire.

« Souvenez-vous, dit-elle, fixant la Lune suspendue au-dessus d'eux comme un grand melon, que l'amour, s'il en vaut la peine, est toujours tragique, exige d'immenses sacrifices. Sinon il n'a aucune valeur. Je lui sacrifierai tout sans rien épargner, mon mari, mes enfants, ma réputation, même vous tous, mes amis. Vous et votre merveilleux travail devez nourrir les flammes qui illuminent cet autel. *Je n'en peux rien, que voulez-vous, c'est plus fort que la mort**.

— C'est admirable, dit Mr Leader, songeant amèrement au contraste entre les œufs brouillés et les sardines et la très satisfaisante cuisine de Mrs Lace ; mais, chère Anne-Marie, cet homme est-il vraiment digne de votre exquise intelligence ? Nous en doutons tous fortement.

— Peut-être ne l'est-il pas, dit-elle avec suffisance, mais ce n'est pas la question. Qu'est l'intelligence en comparaison de la passion ? Je vous dis que je l'aime, qu'il occupe mon temps, mes pensées, mon âme tout entière – il n'y a pas de place dans ma vie pour quelqu'un d'autre en ce moment. Quand il sera parti, et il doit partir, je reviendrai peut-être vers vous tous, telle une grande cosse vide ; la vie ne me retiendra plus, mais j'aurai au moins aimé et fait le plus grand des sacrifices, et je continuerai à lutter jusqu'à la fin, vivant uniquement pour mes souvenirs. »

Sa voix s'étrangla dans un sanglot. Mr Leader, devant une telle force d'âme et tant de désespoir, ne trouva aucun mot suggérant que quelques repas gratuits et une ou deux des habituelles commandes seraient une aubaine considérable pour lui et ses compagnons. Il assura à Anne-Marie que, lorsque viendrait le temps du chagrin, elle trouverait à Rackenbridge des amis affectionnés soucieux de verser du baume sur ses plaies. Avant qu'il ait le temps de développer ce thème, Anne-Marie, à qui ses voiles de mousseline n'apportaient que peu de chaleur, et qui était bleue de froid, courait déjà retrouver l'excellente circulation du major Lace qui constituait à ses yeux la vertu principale de son mari. Mr Leader reprit tristement sa longue marche vers Rackenbridge.

Une heure du matin. Le village de Chalford dormait profondément quand une brève lueur apparut dans le ciel et se transforma bientôt en un véritable embrasement. Son reflet pénétra dans la chambre de Jasper, qui se leva, à moitié endormi, et se dirigea vers la pelouse, cherchant à en voir la source. Ce faisant, il tomba sur Mr Leader, qui marchait d'un pas vif vers Rackenbridge.

« Oh, hello, dit Jasper. Qu'est-ce que c'est, une maison ou une meule de foin ? »

Mr Leader se contenta de le gratifier d'un regard méprisant et s'éloigna rapidement.

Tournant à l'angle de la rue du village, Jasper constata que le quartier général d'Eugenia n'était plus qu'une masse de flammes. Il se sentit navré pour elle, il savait qu'elle serait anéantie par cette catastrophe. Complètement réveillé, il s'attarda à contempler le spectacle. Peu après les autres apparurent, réveillés par l'odeur de la fumée.

« Joli petit feu de joie, hein ? dit Jasper en passant son bras autour de la taille de Poppy. Tout ce que nous pourrions faire ne servirait à rien, Dieu soit loué. Tiens, voilà les camarades, pas de veine pour eux. »

Les camarades s'approchèrent en groupe, mais constatant qu'aucun effort humain ne parviendrait à éteindre l'incendie, ils entonnèrent un petit chœur improvisé destiné à s'armer de courage face ce revers infligé à leur cause.

Lady Marjorie, à la lueur des flammes, aperçut Mr Wilkins et avec un petit cri d'excitation se précipita dans sa direction.

« Admirable, ce que l'amour accomplit chez une femme, fit remarquer Jasper. Je me demande où elle trouve le temps de se graisser le visage ces temps-ci ; je parie qu'il va bientôt se gripper, comme un moteur de voiture. Tiens, voilà les Lace qui viennent admirer le spectacle – adieu Noel. Qu'est-ce que j'avais dit ? Ce village est une ruche débordante d'intrigues sentimentales, n'est-ce pas, chère miss Smith ? » Il lui embrassa l'oreille. « Bon sang ! revoilà les détectives ; bon, si nous mettions les voiles ? J'en ai assez de les voir.

— Oui, peut-être, dit Poppy. La seule chose, c'est que leur présence signifie peut-être qu'ils n'ont encore rien trouvé contre nous.

— Je ne comprends pas pourquoi vous ne leur filez pas le tuyau, pourquoi vous ne laissez pas ce cher homme demander le divorce s'il le souhaite. Cela épargnerait pas mal d'ennuis.

— Prudence féminine, je suppose », dit Poppy. Bien que très amoureuse de Jasper, elle n'était pas certaine d'avoir envie de l'épouser. Certains côtés de son caractère étaient loin de la satisfaire.

« C'est un fieffé pickpocket, tu sais, avait-elle dit dans un accès de confidence à Marjorie. Je ne peux pas laisser mon sac traîner une minute.

— Dieu seul sait combien il a piqué dans le mien, dit Marjorie.

— Les mœurs ont drôlement changé, dit Poppy. Je suis sûre qu'à l'époque de nos mères les femmes ne tombaient pas amoureuses de voleurs. »

Le lendemain matin, Eugenia, montée sur Vivian Jackson, déboula au galop dans le village avec un fracas de sabots. Ayant inspecté les ruines encore fumantes de son quartier général, elle se rendit au Jolly Roger, où elle trouva Jasper et Noel en pyjama, en train de prendre leur petit déjeuner.

« C'est désolant », se contenta-t-elle de dire, mais Jasper aurait juré qu'elle avait pleuré. Il lui offrit des saucisses et elle parut rassérénée.

« C'est certainement l'œuvre des pacifistes, dit-elle, la bouche pleine. Et vous pouvez être sûrs que je vais tirer cette affaire au clair. Attendez que j'aie mis la main dessus, ces monstres de lâcheté, financés sans aucun doute par les juifs.

— À propos de pacifistes, dit soudain Jasper, devinez qui j'ai vu la nuit dernière s'enfuyant de votre quartier général juste après le début probable de l'incendie ? Ce cher petit Mr Leader. Il se comportait d'une façon tout à fait suspecte, m'a-t-il semblé. »

Eugenia fit mine de claquer des doigts. Elle avait une prédilection pour ce geste, mais avec ses mains moites et potelées elle parvenait rarement à produire un bruit sec satisfaisant. En l'occurrence, il fut inexistant.

« Mr Leader, s'écria-t-elle, quelle idiote je suis. J'avais tout oublié à son sujet. Bien sûr, avec ce repaire de lâches parmi nous, inutile de chercher plus loin. Très bien, je vais agir aussitôt.

— Que comptez-vous faire ?

— Je vais envoyer les camarades à sa recherche, dit Eugenia. Terrible sera le sort des ennemis du social-unionisme. En fait, je crois que je vais m'arranger pour que les camarades s'emparent de lui dès cet après-midi, pendant qu'il travaille à son ATELIER (elle articula le mot avec un infini mépris). Il rit probablement sous cape en ce moment, sûr que personne ne découvrira qu'il est l'auteur de ce crime abject. Ils le ligoteront, le bâillonneront et l'emmèneront dans un endroit caché que je connais à Chalford Park, où je le traduirai devant un conseil de guerre.

— Et si on découvre qu'il est coupable ?

— Si ? s'écria Eugenia en secouant la tête. Il n'y a pas de “si”. Il sera découvert coupable et… Oh, Dieu, je devrai peut-être le faire tabasser. Terrible sera le sort… »

Jasper parvint néanmoins à la retenir de mettre pareilles menaces à exécution. Il lui expliqua que le temps n'était pas mûr pour un bain de sang à Chalford, qu'une telle opération causerait un tort considérable au Parti et que, si elle la mettait en pratique, elle s'attirerait de sérieux ennuis avec les camarades du quartier général de Londres. Ces hommes de fer, insinua-t-il, pourraient la destituer de son commandement et lui ôter son petit emblème si elle attirait sur eux la publicité fâcheuse qui suivrait une telle mesure. Ce fut ce dernier argument qui persuada Eugenia de laisser toute l'affaire entre les mains de Jasper.

« S'il est vraiment coupable, je pense qu'il devra subir quelque châtiment, dit Jasper, mais il est absolument essentiel que nous entendions ce qu'il a à dire pour sa défense.

— Raison pour laquelle nous devons engager un procès, dit Eugenia, et il ne peut y avoir de procès s'il n'est d'abord bâillonné et ligoté. Il est beaucoup trop rusé et lâche pour se précipiter délibérément dans la gueule du loup.

— Nous devons y réfléchir avec sérieux, dit Jasper, il existe sans doute différentes possibilités. »

À la fin, lady Marjorie, que sa passion pour Mr Wilkins avait dépouillée de toute superbe, et qui se révélait d'une nature étonnamment accommodante, voulut bien servir d'appât. Elle adressa un billet à Mrs Lace pour l'inviter à prendre le thé au Jolly Roger :

> Nous souhaitons de tout cœur que vous puissiez venir, sincèrement à vous, Marjorie Merrith. *P.S* : Nous aimerions également inviter ce charmant Mr Leader que nous avons rencontré à votre soirée, mais nous ignorons son adresse. Pourriez-vous être assez aimable pour lui transmettre ce message ?

« Excellent, parfait en vérité, dit Jasper, quand le billet lui fut soumis. J'aime en particulier le "Nous" royal. »

Anne-Marie fut ravie de l'invitation. C'était la première fois qu'elle était conviée, excepté par Noel, à une réunion sans lien avec le spectacle, et elle pensa *in petto* qu'il était grand temps. Elle se réjouit aussi que Mr Leader soit invité en même temps qu'elle, et non son lugubre mari. Elle désirait depuis un certain temps que le Jolly Roger se rapproche de Rackenbridge. Il serait plaisant, pensait-elle, que leurs résidents respectifs se fondent dans une Société pour l'Admiration de Mrs Lace. En outre, elle devait se l'avouer, la conduite de Noel durant ces derniers jours lui avait paru un peu inquiétante – il avait semblé préoccupé et dénué d'ardeur. Ce serait un excellent stimulant pour lui d'avoir un aperçu de l'affliction montrée par Mr Leader.

En réalité, Noel s'inquiétait. Il n'était pas dans sa nature de vivre comme Jasper au jour le jour, glanant par des moyens plus ou moins honnêtes assez d'argent pour les besoins du moment, échappant aux griffes des tribunaux commerciaux tous les trois ans grâce à des parents charitables. Il avait toujours admiré le mode de vie de Jasper, envié l'aisance avec laquelle celui-ci pouvait obtenir quelque chose gratuitement, et son éternelle sérénité, mais il était bien incapable, en dernier ressort, de l'imiter. Sa mère était écossaise et lui-même, bien que rarement en proie à des scrupules moraux, avait hérité d'elle le souci de l'avenir. Combien de fois s'était-il maudit d'avoir révélé à Jasper son héritage. Cette idée saugrenue de partir à la poursuite d'héritières inconnues (il oubliait qu'il en avait été l'instigateur, dans un moment d'exaltation) n'aurait abouti à rien s'il n'y avait eu Jasper. Une fois passé le premier accès d'excitation, il aurait pris de modestes petites vacances, peut-être en Espagne, et serait ensuite retourné à son travail, satisfait du confort supplémentaire que lui offrait la possession d'un petit capital. À la longue, il serait parvenu à obtenir une participation dans sa société.

En ces circonstances il lui était pénible de constater que Jasper continuait, avec un formidable entrain, à vivre au jour le jour. À voir son visage réjoui on pouvait supposer qu'il ne voyait pas plus loin que le lendemain.

Pour sa part, Noel ne se réjouissait de rien, pas même de sa liaison avec Anne-Marie ; il était tourmenté à la pensée de gaspiller l'héritage de sa tante sans aucun résultat visible, incapable de considérer que des moments de bonheur pouvaient compenser les avantages plus matériels que l'argent peut procurer. Il demanda qu'on lui envoie son livret bancaire et fut submergé de désespoir et de remords en découvrant que d'une façon ou d'une autre quatre cents livres s'étaient volatilisées.

Personne n'aurait pu manquer de remarquer la mélancolie qui l'enveloppa après cette découverte et qui donna lieu à différentes interprétations. Jasper supposa qu'il avait joué en Bourse ; Poppy pensa que Mrs Lace l'avait rabroué ; Eugenia, qu'il avait écrit un article pour l'*Union Jack* qui avait été refusé. Ce dont elle-même était coutumière.

Mrs Lace le pria en vain de se confier à elle. Elle supposa qu'il avait reçu de mauvaises nouvelles de son pays, les régiments se montraient peut-être subitement fidèles à l'usurpateur, à moins que le communisme ne représente une plus grande menace qu'on ne l'avait craint au début. Elle passa des heures à étudier sa carte d'écolière de l'Europe et émit plusieurs hypothèses, qui la laissèrent à la fin dans le même état de perplexité. Elle était tristement dénuée de culture générale et déclarait volontiers que la politique, en particulier la politique étrangère, était d'un ennui mortel comparée à l'art et à la littérature. Sa lecture des journaux se limitait aux rubriques mondaines, aux potins concernant les vedettes de cinéma et à des sujets d'information aussi facilement assimilables que la naissance dans le comté de Dumfries d'un merle à deux têtes.

Noel se montrait peu coopératif. Si elle insinuait par exemple : « Je pense qu'il serait à la fois intéressant et agréable de visiter les Balkans », il se contentait de répondre : « Quelle idée insensée, ma chérie. C'est un voyage épouvantablement coûteux et il n'y a rien à faire sur place. Il me semble que le sud de la France vous conviendrait beaucoup mieux. » Au début, Mrs Lace se sentit offensée par cette remarque ; la prenait-il pour un papillon stupide à la recherche du plaisir ? À la réflexion, toutefois, elle y trouva une autre signification. Étant dans l'impossibilité d'emmener sa bien-aimée avec lui dans son royaume, peut-être songeait-il à l'installer dans une superbe villa sur la Riviera, où il viendrait lui rendre visite en vacances. Elle se dit qu'un tel arrangement lui siérait, car elle avait un faible pour les beaux bruns et les bains de soleil. Et ne serait-il pas exagéré de lui demander d'avoir aussi un appartement à Paris ?

Mrs Lace eut quelque difficulté à entraîner Mr Leader au Jolly Roger. Il sentait d'instinct que ces individus qui avaient réussi à perturber tout l'été ne devaient pas avoir de lui une opinion favorable et il n'avait nulle envie de rencontrer quiconque susceptible de démontrer sa supériorité intellectuelle. Mrs Lace finit par le persuader de l'accompagner en laissant entrevoir qu'il pourrait être chargé de créer les costumes pour le spectacle, ce qui n'irait pas à l'encontre de ses convictions dans la mesure où il serait bien payé. Il saisit la force de cet argument et d'autre part il n'était pas dans sa nature de résister à un repas gratuit.

Quand ils arrivèrent au Jolly Roger ils trouvèrent le groupe déjà installé autour d'une table à thé dans le jardin. Il était composé de Marjorie, Poppy, Eugenia, Jasper et Mr Wilkins. Noel n'était pas là, ayant dû se rendre à Londres pour la journée. Son absence contraria Mrs Lace, mais elle n'en montra rien en prenant place à côté de Jasper. Il n'y avait pas de chaise pour le pauvre Mr Leader, qui dut aller en chercher une dans le petit salon. Poppy et lady Marjorie lui firent une place entre elles deux, et lui demandèrent, le plus amicalement du monde, pourquoi lui et ses amis n'avaient participé à aucun épisode du spectacle.

« C'est contraire à nos opinions politiques, dit Mr Leader. Merci. Je l'aime très léger, sans lait ni sucre. Et aussi, nous sommes très occupés.

— Tellement occupés, dit Eugenia, passant directement à la charge, que vous n'avez toujours pas visité l'intérieur de notre quartier général.

— Pas encore, dit Mr Leader.

— Saviez-vous qu'il a été incendié ? demanda-t-elle, fixant sur lui des yeux semblables à deux énormes phares bleus.

— Vraiment ? Quelle malchance.

— Merci, nous n'avons que faire de votre compassion, nous voulons savoir ce que vous faisiez la nuit dernière ? »

Mrs Lace jeta un regard anxieux à Mr Leader.

« À vous dire vrai, je n'en ai aucune idée. Que faisiez-vous vous-même ?

— Ne soyez pas impertinent, le reprit Eugenia sèchement. Il est curieux que l'on vous ait surpris, vous, un pacifiste notoire, en train de quitter subrepticement les lieux peu après le début de l'incendie. Comment expliquez-vous cette coïncidence ? »

Mr Leader attendit en silence qu'Anne-Marie lui fournisse son alibi. Anne-Marie n'en fit rien. Elle redoutait que Noel ou le major Lace n'apprennent son rendez-vous de minuit. S'il devait être dévoilé à cette table, Noel en entendrait certainement parler par Jasper, et le major Lace par Mr Wilkins. Elle ne pouvait prendre ce risque.

« Répondez, ordonna Eugenia d'un air sévère, et dites la vérité. Les mensonges ne vous seront d'aucune aide ici. »

Mrs Lace se tourna alors vers Jasper. « C'est absurde, dit-elle. Cette passion enfantine qu'elle a pour le théâtre est certes très distrayante, mais l'entraîne à se comporter de façon ridicule parfois, ne trouvez-vous pas ?

— Si Eugenia soupçonne ce garçon d'avoir mis le feu à son quartier général, dit Jasper, je pense qu'il n'est que juste qu'il soit interrogé afin de pouvoir se disculper. Après tout, il s'est comporté d'une étrange façon, cette nuit-là. Qu'avez-vous à dire, Leader ? »

Mr Leader garda le silence.

« Je le savais, assura Eugenia, C'est un van der Lubbe, j'ai toujours pensé qu'il n'y avait pas de Dimitrov ici[1]. »

Sur cette insulte, Mr Leader se leva et quitta la réunion.

Si elle eut envie de suivre son ami, qui l'avait malgré tout soutenue avec un certain courage, Mrs Lace ne fit aucun mouvement dans ce sens. Elle devait, quel qu'en soit le coût, rester en bons termes avec Eugenia jusqu'à ce que soient terminés le rassemblement, le spectacle historique et la garden-party du grand parti social-unioniste. Elle n'allait pas sacrifier sa chance de monter dans ce carrosse pour une simple question de loyauté.

Elle se mit à bavarder de choses et d'autres, joignant le geste à la parole, et finit par demander à Jasper pourquoi Noel, ce méchant garçon, était parti si subitement à Londres.

« C'est un secret d'État », répondit Jasper.

1. Le 27 février 1933, à Berlin, le Reichstag prend feu. La police se saisit d'un Hollandais communiste à moitié fou, Marinus van der Lubbe, qui est considéré comme responsable de l'incendie et exécuté. Un communiste bulgare, Georgi Dimitrov, est aussi présenté comme la tête du complot. Il est jugé, mais échappe à la mort. (*N.d.T.*)

Elle le regarda d'un air entendu et, baissant la voix, interrogea : « Comment la situation évolue-t-elle ?

— On ne peut mieux.

— Il ne me dit rien.

— Il craint – de tout gâcher pour vous.

— Ce silence est difficile à supporter.

— Le sort d'une femme est souvent difficile. Vous devez avoir du courage.

— Quand devra-t-il partir ?

— *Quien sabe ?* »

Mrs Lace se demanda si lady Marjorie et Mrs St Julien étaient dans le secret, ce qui ne l'aurait aidée en aucune manière de toute façon. Elle ne pourrait jamais rien leur soutirer, à supposer même que son orgueil lui permît de les interroger.

« Je voudrais savoir, dit-elle à Jasper, toujours à voix basse, si vous auriez la gentillesse de me communiquer sa devise. J'aimerais qu'il ait un petit témoignage de ma part, un souvenir, et je souhaiterais y faire graver sa devise.

— Certainement », dit Jasper, qui avait appris récemment une ou deux choses grâce à Mr Wilkins. Il prit le papier et le crayon qu'elle lui tendait et écrivit : « *Bella, Horrida Bella.* » Au-dessus il dessina une couronne de dimensions exagérées. Mrs Lace plia la feuille avec soin et la glissa dans son sac. Que son propre nom pût faire partie de la devise royale des ancêtres de Noel lui parut la plus romantique des coïncidences.

« À propos, dit Poppy, faisant irruption dans leur aparté, cela fait des lustres que je voulais vous demander si vous avez fait cette liste des voisins pour la cousine Maud Chalford ? Je crois qu'elle compte dessus, et les invitations doivent être envoyées dans un ou deux jours, car le temps presse. »

Lady Marjorie demanda à Mr Wilkins si le spectacle occupait toutes ses pensées et il répondit que oui, sans doute.

« Je suis tellement impatiente, dit lady Marjorie.

— Pourtant je crains que vous ne deviez attendre, dit Mr Wilkins, qui aimait souligner l'évidence.

— La liste est presque prête, dit Mrs Lace. Je l'ai apportée afin qu'Eugenia puisse la donner à lady Chalford sans plus de délai.

— Montrez-la-moi, dit lady Marjorie. Oh, seigneur ! Wilma Alexander. Bien sûr. J'ai oublié qu'elle habitait près d'ici – et les Faircombe aussi. Naturellement, Poppy, il y a une quantité de gens que nous connaissons sur cette liste, croyez-vous que ce soit important ?

— Ils ne nous reconnaîtront pas dans nos costumes.

— Bon, et puis tant pis s'ils nous reconnaissent. Je ne peux pas passer le restant de ma vie déguisée à cause d'Osborne. » Elle continua à parcourir la liste.

« Tout est réglé à présent, lui dit Jasper. Chaque section du social-unionisme dans le comté est responsable d'un épisode. Il y aura presque trois cents camarades en scène, autant que je sache, auxquels il nous faudra procurer des vêtements. Nous devrons réunir un comité pour en discuter.

« Ensuite miss Trant, l'organiste, a eu une idée brillante. Elle pense que nous devrions avoir une Olde Englyshe Fayre en même temps. Pour cette fête traditionnelle elle organisera des danses du poteau, des stands de travaux d'aiguilles et autres choses.

— Oh ! vous êtes sûr, dit Mrs Lace. Ces fêtes Olde Englyshe sont d'un tel ennui, n'est-ce pas ? J'aurais espéré que nous garderions un esprit dix-huitième. Pourquoi pas un raout Regency, par exemple ?

— Nous préférons l'Olde Englyshe, dit Jasper, c'est tellement plus amusant. Qui plus est, un spectacle doit rester par essence sans prétention intellectuelle, sinon il perd tout caractère.

— Miss Trant est très obligeante. Elle est extrêmement gentille, dit Poppy. Vous la connaissez ? »

Mrs Lace avait passé les huit années de sa vie conjugale à traiter avec condescendance miss Trant, qu'elle considérait comme une petite femme vulgaire, stupide, presque aussi morne que Mr Wilkins. Il semblait ne pas y avoir de fin aux tracasseries que la pauvre Mrs Lace était condamnée à endurer.

Eugenia, qui était restée silencieuse à mâchonner une barre à deux pence depuis le départ de Mr Leader, annonça qu'elle devait partir. Elle héla Vivian Jackson, qui surgit de nulle part, prit la liste d'invités de Mrs Lace, flanqua un coup de pied à Reichshund, en train de ronfler au soleil ; et, sans cesser de mastiquer, s'éloigna au trot. Ce soir-là, Mr Leader fut tiré de son lit par des hommes masqués portant des chemises de l'Union Jack, qui le jetèrent dans une mare aux canards voisine. Comme il faisait très chaud, il n'attrapa pas de rhume et souffrit seulement d'une petite humiliation et de la perte de son pantalon de pyjama *eau-de-nil*. Personne ne fut témoin de l'affaire et Mr Leader n'engagea aucune poursuite légale ou autre. Néanmoins, le grain était semé d'un ressentiment contre le social-unionisme et sa perfide enchanteresse, Mrs Lace.

14

Lady Chalford envoya son chauffeur au Jolly Roger avec un message précisant qu'elle désirait voir Mrs St Julien et Mr Aspect pour un sujet d'une extrême importance, et qu'elle leur serait extrêmement obligée de venir à Chalford House sur-le-champ. La voiture les attendrait. Ils y montèrent avec une certaine appréhension, l'impression d'être traités comme de vilains enfants, se demandant quelle énormité ils avaient bien pu commettre.

Mais à leur arrivée leurs esprits furent tranquillisés sur ce point. LPVC était encore hors d'elle, mais ils n'en étaient pas la cause.

« Chère enfant, cher Mr Aspect, dit-elle, en agitant la liste des voisins sous leurs yeux. J'ai besoin d'avoir votre avis, il est arrivé quelque chose d'épouvantable – je ne me rappelle pas m'être jamais sentie aussi bouleversée. À la lecture de cette liste je suis horrifiée, écœurée de constater que n'y figure personne – pas une seule âme – que je pourrais accepter dans ma maison. Figurez-vous que, lorsque je l'ai parcourue une deuxième fois, j'ai cru qu'il devait obligatoirement y avoir une erreur, si bien que j'ai fait appeler le régisseur de mon mari et il m'a assuré qu'elle était parfaitement exacte, chaque famille à des lieux à la ronde y était mentionnée. Je n'imaginais pas que nous avions un voisinage aussi épouvantable.

— Vraiment, dit Poppy avec intérêt, voyons, quel est le problème avec tous ces gens ?

— Le problème ? s'exclama lady Chalford, avec stupéfaction, le problème est qu'il n'y en a pas un seul de respectable. Je ne comprends pas. Depuis que j'ai cessé de sortir, quelques-unes de ces maisons ont changé de propriétaires, certes, mais la grande majorité est encore occupée par les mêmes familles que celles que je connaissais bien, et qui étaient des honnêtes gens comme vous et moi. Aujourd'hui les choses les plus choquantes, les plus déconcertantes semblent avoir eu lieu.

— Quelle sorte de choses ?

— Ma chère, ne m'en parlez pas. Croyez que cette liste m'a bouleversée plus que je ne saurais le dire. Prenez n'importe quel nom au hasard – ils se ressemblent tous, aucun n'est à l'abri du soupçon. Prenez par exemple le premier, les Alexander. Feu lord Alexander, le plus proche ami de mon cher mari pendant de nombreuses années, a eu pour successeur à Bruton Park son fils, lord Bruton, que j'ai maintes fois pris dans mes bras quand il était enfant. Or le malheureux jeune homme est tombé dans le piège du mariage avec une femme plus âgée que lui, une femme de la scène de variété ; ce qu'on appelle, je crois, une artiste de *cabaret**. »

Poppy jeta un coup d'œil dans la direction de Jasper et tous deux pouffèrent. Tomber dans le piège du mariage n'était pas précisément l'expression à utiliser s'agissant de lord Alexander, qui était connu pour avoir poursuivi son adorable épouse sur trois continents avant qu'elle accepte de l'épouser.

« Mais vous savez, dit Poppy. Wilma Alexander est tout à fait respectable et c'est la plus exquise personne au monde. Vous l'adoreriez. Ils sont heureux comme des rois et elle est tout entière dévouée à Bertie et à leurs enfants.

— Ma chère, je suis prête à croire tout ce que vous me direz au sujet de cette lady Alexander, mais je n'ai aucunement l'intention de l'inviter chez moi. Elle peut, pour ce que j'en sais, être une épouse et une mère remarquable, de telles femmes le sont parfois. Mais le fait demeure qu'elle ne pourrait jamais être une amie convenable pour une jeune fille comme Eugenia. Toutefois je ne veux pas paraître excessivement exigeante, aussi vais-je énumérer quelques exemples supplémentaires de ce détestable document. » Lady Chalford ajusta ses lunettes et continua. « Nous avons les honorables Adrian et Mrs Duke ; Mrs Duke, semble-t-il, est la femme divorcée d'un colonel, si bien que ces deux personnes vivent ensemble de façon adultérine.

— Dodo n'a pas divorcé, dit Poppy. Elle a quitté son mari qui était une brute sans pareille avec elle.

— Cela ne fait aucune différence, quoi que vous en pensiez. “Jusqu'à ce que la mort nous sépare”, c'est le serment du mariage. Si son mari était si cruel avec elle, elle aurait pu demander la séparation et vivre retirée du monde jusqu'à la fin de ses jours. Je vous en prie, ma chère, ne m'interrompez pas. Nous avons aussi Mr John Shipton, petit-fils d'un homme qui a été publiquement accusé, dans divers clubs, de tricher au billard. Je me souviens parfaitement de l'incident, qui provoqua quantité de contrariétés à l'époque ; il a été naturellement obligé de quitter le pays. Aujourd'hui, bien que Mr Shipton ne soit pas coupable d'être né dans pareille famille, et qu'il puisse être lui-même très respectable, je ne peux risquer de l'inviter chez moi. L'animosité finit un jour ou l'autre par resurgir et on ne saurait se montrer trop prudent quand il s'agit d'une jeune fille comme ma très chère Eugenia. Sir Archibold et lady Faircombe, les pauvres malheureux, ont une fille divorcée qui tient un magasin d'habillement à Londres – pas très glorieux, n'est-ce pas ? Le fils du major Montgomerie a été renvoyé d'Eton – de mon temps, quand un tel déshonneur s'abattait sur les membres d'une famille il était habituel de leur part d'aller s'installer aux colonies. La mère de Mr Newman était à moitié allemande et mon mari refuse à juste titre de recevoir quiconque d'origine allemande à la maison. Lord George Fairbrother est un alcoolique avéré et on dit que le général Parsley a dû quitter son régiment en raison de dettes de jeu. Je ne veux pas vous ennuyer davantage en citant d'autres personnes peu respectables, il y en a des douzaines sur cette liste et je peux vous assurer que c'est une longue et sordide histoire du vice, de l'alcoolisme et du jeu à laquelle mieux vaut ne pas penser. J'ignore ce qui est survenu dans ce malheureux voisinage ; on pourrait croire qu'il a été maudit. »

Il était désormais clair pour Poppy et Jasper que lady Chalford n'avait sans doute pas toute sa tête ; la longue solitude supposaient-ils, avait affecté sa santé mentale. Il fallait se plier à ses caprices.

Poppy prit son ton le plus aimable : « Quelle horrible situation, cousine Maud. À présent, dites-nous ce que vous aimeriez nous voir faire concernant le spectacle et la garden-party du seize.

— C'est exactement ce qui m'inquiète, dit lady Chalford d'un air sombre. Après tout le mal que vous vous êtes donné je ne souhaite pas que vous soyez déçus, et Eugenia, la pauvre petite, rêve de ce spectacle. Je crois que ses scouts, guides, camarades, ou je ne sais quoi, ont travaillé dur aussi et je suis très heureuse de voir qu'elle fait enfin quelque chose pour le village. Je n'ai jamais pu l'amener à manifester un quelconque intérêt jusqu'à ce qu'elle rejoigne ce mouvement, quel qu'il soit. Bref, tout bien considéré, j'ai décidé que, s'il est désormais hors de question d'inviter mes voisins à une garden-party, il n'y a aucune raison pour que le spectacle n'ait pas lieu. Nous ouvrirons donc le parc au public ce jour-là, moyennant une modeste somme pour nos œuvres caritatives, et ainsi vous n'aurez pas perdu votre temps, et ma petite Eugenia ne sera pas déçue.

— C'est de loin le meilleur plan, dit Poppy d'un ton apaisant.

— Mais hélas ! je suis bien loin d'avoir résolu l'avenir de ma pauvre petite-fille.

— Elle est très jeune, dit Jasper, et parions que son avenir s'arrangera tout seul à votre plus grande satisfaction. »

Lady Chalford lui lança un regard interrogateur. Elle sembla sur le point de parler mais se tut.

Sur le chemin du retour à travers Chalford Park, Jasper dit à Poppy : « La pauvre vieille est aussi stupide qu'une chouette et aussi aveugle qu'une chauve-souris. Elle croit que je vais épouser Eugenia et, qui plus est, cette idée lui plaît. Franchement, je n'aurais jamais imaginé, d'après ce que je connais de ses critères moraux, que j'étais sa tasse de thé, bien au contraire.

— Son régisseur ne sait peut-être pas grand-chose sur vous pour le moment.

— Peut-être. Je dois dire qu'elle a les opinions les plus tordues concernant les relations sociales. Elle ostracise tous les malheureux qui n'ont pas eu de chance, ceux qui ont été pris en train de tricher au billard, celles qui ont eu un mari épouvantable, alors qu'elle se soucierait comme d'une guigne de les voir agir de manière vraiment malfaisante comme opprimer les pauvres. Je crois que notre génération a des valeurs éthiques bien supérieures à celles de sa génération ; nous voyons les gens que nous aimons, même s'ils sont impossibles, et évitons ceux que nous n'aimons pas. C'est le seul critère sensé, n'est-ce pas, miss Smith ?

— Vous ne pouvez guère parler de valeurs éthiques et de critères moraux, dit Poppy d'un ton amer, car vous ne connaissez pas le sens de ces mots.

— Je suis un garçon meilleur que vous ne semblez le croire, répliqua Jasper avec insouciance. Je ne fais jamais de mal à personne, et je suis fidèle à mes amis quand il le faut.

— Je n'ai pas remarqué que vous soyez particulièrement loyal envers le malheureux Noel.

— C'est là où vous avez tort. Personne ne nous comprend, Noel et moi ; ce qui nous lie est une relation très complexe qui a commencé il y a une vingtaine d'années alors que nous venions d'entrer tous deux dans la même école. Il se trouve que Noel attend de moi un certain type de traitement, et qu'il serait décontenancé si j'agissais différemment. La vérité est que mes mauvaises actions lui procurent beaucoup de plaisir par procuration. Par exemple, il est heureux de ma présence ici, se réjouit de ma compagnie et du reste ; et ce qu'il adore positivement, c'est le sentiment qu'il est forcé de me garder avec lui en raison du chantage le plus éhonté que j'exerce sur lui. Il n'éprouverait pas le quart de cette satisfaction si je devais payer ma part comme le premier venu, car dans ce cas je ne correspondrais pas à sa conception de mon caractère.

— Je suppose que c'est une façon de voir les choses, dit Poppy d'un ton dubitatif.

— En outre, songez au fier service que je lui ai rendu avec cette chère beauté locale. Réfléchissez, la dame avait jeté son dévolu sur moi, vous savez, elle faisait tout ce qu'elle pouvait pour me séduire, mais au bout d'une demi-heure de conversation elle a changé d'avis et s'est tournée vers Noel, et depuis ce jour-là elle n'a jamais fait machine arrière. Non, vous ne pouvez pas prétendre que je suis déloyal.

— Pour moi, ce n'est pas un signe de loyauté de jeter quelqu'un dans les bras de cette horrible, prétentieuse et maniérée Mrs Lace.

— *Bella*, l'*Horrida Bella* ? c'est un sacré morceau. Mais la vérité est que vous ne connaissez pas ce cher garçon comme moi. Le seul amour qui vaille le coup de son point de vue est le genre sans espoir. Dès qu'une fille fait mine de venir s'asseoir à côté de lui, il l'évite. Si la vieille BL, ou Beauté Locale, avait continué à s'intéresser à moi, il serait encore plus entiché d'elle alors qu'en réalité il est en train de se refroidir de façon significative. Chère miss Smith, maintenant vous pourriez au moins admettre que je suis un garçon loyal.

— D'accord, mon chou, n'en faites pas toute une histoire. Je suppose même que vous avez quelques qualités, comme tout le monde. Je suggérais seulement que, selon certains standards habituels, vous êtes plutôt du genre cambrioleur.

— Oh, bon, s'exclama Jasper ravi, s'il n'y a que ça... Un homme doit trouver de quoi vivre d'une façon ou d'une autre, vous savez, survivre dans cet environnement est une lutte de tous les instants. Mais écoutez, pourquoi ne m'épousez-vous pas ? Je promets de renoncer à voler et de travailler pour vivre d'une autre façon – qu'en dites-vous ?

— Nous verrons, dit Poppy. Je ne suis pas très favorable au mariage, comme vous le savez. Je pense que le mieux à faire à notre époque est de chercher des compromis.

— Pourquoi avez-vous épousé Anthony St Julien ?

— Vous êtes stupide. Une fille doit se marier une fois, vous ne pouvez continuer à vous faire appeler miss – miss toute votre vie, c'est trop idiot. Malgré tout, le mariage est une vraie corvée – les gilets qui traînent dans votre propre chambre, et le reste. Ça finit par être déprimant. Hello ! Regardez qui vient ! Eugenia et Vivian Jackson. Salut ! cria-t-elle.

— Salut, Union Jackshirts ! » Eugenia se dirigea au trot vers eux, mit pied à terre, et envoya promener Vivian Jackson d'une formidable claque sur l'arrière-train. « Êtes-vous allés voir LPVC ? Elle était dans un état épouvantable lorsque je suis partie.

— Nous l'avons vue, dit Poppy, et elle s'est gentiment calmée.

— Bon, dit Eugenia d'un air inquiet, mais qu'avez-vous arrangé ?

— Tout va bien. Il n'y aura pas de garden-party organisée, mais le spectacle aura tout de même lieu, avec une petite contribution pour y assister.

— Oh ! très bien, dit Eugenia avec soulagement. Il est ainsi beaucoup plus facile d'avoir notre grand rally SU. Je dois commencer à m'occuper des affiches et des tracts – je pensais que nous pourrions distribuer quelques hymnes et propagandes unionistes tant que nous y sommes.

— LPVC semble apprécier l'adhésion à Union Jackshirt.

— Oui, elle croit qu'il s'agit de l'Institut des femmes et elle est tout à fait pour. Elle ne cesse de répéter combien elle se réjouit que je fasse enfin quelque chose pour le village. Nanny est la seule à détester tout ça. J'ai toujours peur qu'elle me dénonce, cette vieille pacifiste.

— Je ne pense pas qu'elle le fera.

— Mieux vaut pas, à moins qu'elle ne veuille ëtre battue par les camarades. »

Il y eut une pause dans la conversation. Eugenia se mit à fredonner comme souvent, l'air de « Deutschland Deutschland über alles ! » dont elle changeait les paroles en chantant : « Debout Union Jackshirts, sus à nos ennemis ! Plongez-leur le visage dans la boue ! »

Sur ce Jasper annonça : « Poppy et moi étions justement en train de parler de nous marier.

— Avec qui ?

— L'un avec l'autre, très chère. »

Eugenia les regarda d'un air sévère. « Si cousine Poppy St Julien avait les vrais principes du social-unionisme à cœur, elle retournerait à son mari et lui donnerait plusieurs enfants mâles en bonne santé.

— Eugenia chérie, s'écria Poppy, il n'en voudrait pas pour un empire. Dieu, quand je pense à tout le mal que je me suis donnée…

— Votre mari est-il un aryen ?

— Je ne sais pas vraiment ce que c'est, un aryen.

— Bon, c'est très simple. Le non-aryen est le chaînon manquant entre l'homme et l'animal. C'est prouvé par le fait qu'aucun animal, à l'exception de l'oie de la Baltique, n'a les yeux bleus.

— Et les chats siamois ? dit Jasper.

— C'est vrai. Mais les chats siamois possèdent, à un degré remarquable, la vertu nordique de la fidélité.

— C'est faux, dit Poppy. Nous en avons eu un l'été dernier et il ramenait une femelle différente toutes les nuits. Même Anthony était choqué. »

Eugenia ne fut pas le moins du monde décontenancée. « Je sais, ils peuvent se montrer peu fidèles envers les chats non aryens, dit-elle, mais pourquoi devraient-ils l'être ? Cependant ils aiment leurs maîtres nordiques et font même de longues promenades avec eux.

— Donc votre définition d'un aryen est quelqu'un qui ferait de longues promenades avec d'autres aryens ? À vous maintenant, miss Smith, Anthony

St Julien fait-il de longues promenades avec vous ou est-il le maillon manquant ?

— Union Jackshirt Aspect, dit Eugenia d'un ton sec, pas de plaisanterie, je vous prie. » Elle se tourna vers Poppy. « Si votre mari est un aryen, vous devriez pouvoir le convaincre qu'il est juste de vivre ensemble et de faire des enfants : si c'est un exécrable non-aryen il peut être de votre devoir de le quitter et d'épouser Jackshirt Aspect. Je n'en suis pas sûre, nous n'acceptons aucune conduite immorale dans le Mouvement…

— C'est parfait, dit Jasper, je peux vous affirmer qu'Anthony St Julien est un type très grossier, il n'a rien de l'oie de la Baltique. »

Eugenia ne prêta pas attention à ses paroles. « Je viens de voir Union Jackshirt Foster et j'ai été obligée de lui parler de sa relation avec Mrs Lace. Elle est peut-être très innocente, bien sûr, mais elle suscite beaucoup de bavardages dans le village, d'après mes camarades. Il faut donc y mettre fin ; au mieux elle offre aux pacifistes un prétexte pour divulguer des propos diffamatoires sur le parti auquel appartient Union Jackshirt Foster, au pire il peut la détourner de son devoir d'épouse et de mère d'aryens.

— Allons, allons, quel comportement de maîtresse d'école, dit Jasper. Eh bien, qu'avait à dire Foster pour sa défense ?

— Sa déclaration n'a été ni satisfaisante ni convaincante, répliqua Eugenia, en réalité je vais être obligée de rédiger une requête pour qu'il démissionne officiellement du Mouvement dès ce soir.

— J'ignore qui est la pire des deux, vous ou LPVC.

— Ce pays doit être débarrassé du vice avant d'être à même de gouverner le monde », s'écria Eugenia. Elle se remit en selle sur Vivian Jackson et s'éloigna au galop.

« C'est une chouette fille, dit Jasper. Si elle était née vingt ans plus tôt elle aurait fait une parfaite suffragette. »

15

Jasper et Noel étaient assis au bar, abandonnés par l'élément féminin qui s'était réuni à Comberry Manor, occupé à essayer les costumes du spectacle. Ils burent des quantités de bières et parlèrent d'eux, la conversation ayant débuté sur un ton d'extrême cordialité. Il s'avérait que la liaison de Noel avec Mrs Lace était devenue récemment plutôt inconfortable ; abandonnant cette sérénité philosophique qu'il avait trouvée aussi inhabituelle qu'admirable, Anne-Marie s'était depuis peu livrée à plusieurs scènes pénibles. Le major Lace lui aussi, selon son épouse, était jaloux et soupçonneux, et on pouvait s'attendre à des ennuis de ce côté-là.

« Bien sûr j'ai été stupide d'y croire, mais elle semblait différente des autres femmes. La prochaine fois, je tâcherai de ne pas oublier qu'elles sont toutes pareilles en fin de compte.

— Ce qu'il y a de remarquable avec les femmes, dit Jasper, c'est qu'elles ont le chic pour donner à leurs relations un tour prévu à l'avance. On dirait que c'est leur premier objectif dans l'existence. Si elles ont une histoire d'amour ordinaire, elles n'auront de cesse de la transformer en une idylle du style “jusqu’à ce que la mort nous sépare”, alors que le mariage, même de nos jours, n’est jamais tout à fait aussi éloigné de leur esprit qu’il pourrait l’être. Elles sont merveilleusement douées pour amener les hommes sur ce terrain particulier, aucune méthode n’est trop malhonnête pour atteindre ce but. Si elles sont elles-mêmes célibataires, elles prétendent que leur mère leur a interdit de vous voir, si elles sont mariées, elles disent que leur mari est jaloux, jusqu’à ce que, piqués au vif par toutes ces barrières, nous finissions par faire notre demande. Bien entendu ni la mère ni le mari n’auraient la plus petite idée de ce qui se trame dans leur dos si les petites chéries n’y faisaient sans cesse d’obscures allusions. Oh, les insupportables créatures ! J’envie les gens que leurs goûts portent dans une autre direction, quelle qu’elle soit. Tout de même, ajouta-t-il, je dois dire que ma miss Smith me semble différente à cet égard.

— Ne crois surtout pas ça, dit Noel allègrement, elle laisse juste une porte ouverte au cas où elle parviendrait à persuader son mari de la reprendre.

— Va au diable », dit Jasper d’un air sombre. Il entretenait depuis longtemps le même soupçon.

« De toute manière, continua Noel, elle a un grand avantage – elle se rend au moins compte que tu ne peux pas l’épouser. Si seulement je pouvais convaincre Anne-Marie qu’il en est de même en ce qui me concerne – cette bague a été une erreur tactique de ma part, depuis que je la lui ai donnée elle s’imagine que je suis fortuné. Écoute, devine ce qu’elle a suggéré ce matin. Que je lui achète une villa dans le sud de la France, rien que ça, et que je l’y installe comme si elle était ma maîtresse ! Cette femme doit avoir un grain. »

Jasper pouffa. « Je trouve ça plutôt drôle.

— Pas moi, dit Noel. Je me suis beaucoup trop impliqué, et j'en ai assez, crois-moi. Dès la fin du spectacle, je me tire.

— Où ça ?

— Je pense reprendre mon ancienne place chez Fruel, répondit Noel d'un ton lugubre. Puisque j'ai renoncé à toutes ces héritières, il va bien falloir que je continue à travailler pour gagner ma vie. » En prononçant ces mots, une horrible vision lui apparut, celle de miss Brisket, l'ingrate dactylo, de la jolie miss Clumps et de Mr Farmer, le chef de bureau avec ses yeux de furet et son nez rusé. Tous figés dans un cadre de vieux chêne et de vitraux, semblables à des démons de l'enfer prêts à le martyriser.

La voix de Jasper le ramena sur terre. « À propos, disait-il, je ne crois pas que tu retourneras chez Fruel.

— Ah ? Pourquoi pas ?

— Parce que j'étais à Londres l'autre jour et j'ai fait un tour dans New Bond Street et bavardé avec sir Percy. Je lui ai expliqué que j'étais sur bien des points plus adapté à ce type de métier que toi, et sais-tu qu'il a tout à fait partagé mon point de vue – tout à fait. Un homme charmant et intelligent, sir Percy. Il m'a dit que tu étais parti pour de bon cette fois. Je commence à travailler le premier du mois prochain. »

Noel blêmit. La vision qui lui avait paru si diabolique un instant plus tôt lui revint sous un aspect soudain étrangement transformé. Miss Brisket, miss Clumps et Mr Farmer, dans leur décor désuet, ressemblaient à présent à des anges, chantant pour accueillir les pèlerins de la nuit.

« Jasper, dit-il avec amertume, j'ai toujours su que tu étais le plus grand salaud que je connaisse, mais je n'avais jamais vraiment compris à quel point jusqu'à aujourd'hui.

— Mon cher vieux, dit Jasper en levant les sourcils, feignant un étonnement peiné, ne nous laissons pas gagner par l'amertume à cause de cette affaire, je t'en prie. Tu avais donné ta démission, n'est-ce pas ? Comparé à d'autres, c'est un bon emploi, et il m'a paru raisonnable de le garder dans la famille, pour ainsi dire. Honnêtement, mon vieux, je suis absolument désolé de te voir à ce point bouleversé, mais je t'avoue que je ne vois pas de quoi tu te plains.

— Très bien, dit Noel, puisque tu m'as piqué mon boulot et que je te cède volontiers ma place auprès de Mrs Lace, tu ne peux pas me faire davantage de crasses, par conséquent je peux cesser de payer tes notes dans ce trou minable. C'est une consolation. S'il vous plaît, miss ! Mettez toutes ces bières sur la chambre 8, je vous prie. »

Pour une fois dans sa vie Jasper resta muet.

Par la suite, Noel commença à poser des jalons pour trouver du travail. Il s'attarda à Chalford parce qu'il partageait l'excitation générale qui régnait autour du spectacle et qu'il faisait trop chaud à Londres à cette époque de l'année ; par ailleurs, les gens influents avaient quitté la ville. Il écrivit donc des lettres. Il supposait qu'il était vain d'espérer qu'on l'invite à reprendre son ancienne place chez Fruel & Grimthorpe ; après les flèches acérées qui avaient sans doute été plantées dans l'esprit de sir

Percy Fruel par Jasper, une sollicitation de sa part risquait d'être accueillie par un refus en bonne et due forme. Noel écrivit donc à ses trois oncles, qui avaient tous d'importantes situations dans le monde de la finance. Il expliqua qu'il perdait son temps dans une charge d'agent de change, que cette occupation ne lui permettait pas de donner toute la mesure de son talent. Il préférerait un poste où il pourrait faire usage de sa maîtrise des langues et de sa connaissance particulière de l'Europe centrale. Si Jasper peut réussir par le bluff, pensait-il en rédigeant ces lignes, je devrais être capable d'en faire autant. Ses oncles, il le savait, le considéraient à juste titre comme un jeune homme peut-être dénué de brio, mais sur lequel on pouvait compter pour exécuter avec zèle toutes les tâches qui lui étaient confiées. Ils avaient toujours critiqué son amitié pour ce déplorable Mr Aspect et pourraient être enclins à lui trouver une situation à l'étranger, loin de cette influence pernicieuse. Noel pensa aussi qu'après avoir quitté Chalford il serait bon de mettre la mer du Nord entre Mrs Lace et lui pendant un certain temps. En attendant que la situation évolue, il continua cependant à fréquenter amoureusement la dame, aux attraits de laquelle il n'était peut-être pas aussi insensible qu'il voulait bien l'imaginer.

« C'est mystérieux », dit Poppy qui, accompagnée de Jasper, rentrait d'une répétition de l'épisode interprété par le groupe de Chalford. C'était l'avant-dernière avant le spectacle et un ratage avéré. « Vraiment mystérieux, un énorme paquet est arrivé pour moi. C'est étrange car personne ne sait où je suis, à l'exception d'Anthony, il me semble, et il est peu probable qu'il m'envoie un colis.

— Non, seulement une injonction, dit Jasper.

— Bizarre, poursuivit Poppy. Ce n'est ni mon anniversaire ni quoi que ce soit d'autre, et personne ne reçoit de courrier ici, à part les détectives. » Elle s'attaqua à l'emballage de papier brun. « Ça ressemble à une grosse boîte à chapeau, envoyée en recommandé, par-dessus le marché. Je n'y comprends rien. »

Quand elle eut enfin fait un trou dans le papier, qui était d'une qualité particulièrement résistante, un élégant coffret de bois apparut, à première vue impossible à ouvrir sans un marteau et un burin. Jasper, à présent presque aussi intrigué que Poppy, alla emprunter ces outils à Mr Birk.

« C'est exactement dans ce genre de boîte que parvenaient mes cadeaux de mariage, dit Poppy, tournant autour de Jasper tandis qu'il s'escrimait à l'ouvrir. Il y avait toujours quelqu'un qui se blessait en les ouvrant, et puis on plongeait dans un océan de copeaux de bois pour en sortir un affreux petit encrier de bureau en verre. Dieu, comme j'ai pu pleurer quand j'étais fiancée.

— Ce n'est pas surprenant. Le mariage avec ce vieux fossile de St Julien n'était pas une perspective très réjouissante pour une jolie fille du Nord comme vous.

— Et voilà ! qu'est-ce que j'ai dit ? Un océan de copeaux. Comme autrefois. Et maintenant l'encrier. »

Au milieu des copeaux était niché un grand coffret de cuir rouge.

« L'expéditeur n'a pas voulu risquer de voir son précieux encrier se briser. »

À l'intérieur du coffret de cuir reposait une tiare de diamants de belle taille.

Poppy et Jasper clignèrent des yeux. Ils se regardèrent puis contemplèrent à nouveau la tiare sans dire un mot. Au bout de quelques minutes, Poppy plaça la tiare avec précaution sur la table du hall et, sans la quitter des yeux, se mit à fouiller parmi les copeaux, le tout avec les gestes machinaux de quelqu'un dont les réflexes ont été conditionnés pour réagir à la réception de tiares de diamants. Elle trouva bientôt ce qu'elle cherchait, une carte de visite. Gravé en haut de la carte figurait le nom du grand-père de Jasper, et il y avait une inscription au crayon. « Pour une très charmante petite dame de la part d'un vieil ami, avec l'espoir qu'il pourra bientôt se prévaloir d'une relation plus intime. »

Jasper s'empara de la carte et lut à son tour.

« Bon, fit-il d'un ton satisfait, nous allons enfin pouvoir nous marier. »

Poppy, qui essayait la tiare devant une glace, demanda : « Comment ?

— Grâce au produit de la vente, idiote.

— La vente de quoi ? Je ne pense pas avoir l'intention de vendre ma tiare, dit Poppy, si c'est ce que vous insinuez. » Elle tourna la tête d'un côté puis de l'autre pour faire étinceler le bijou. « Elle me va bien, non ?

— N'oubliez pas que vous allez être l'épouse d'un homme sans ressources, vous ne pouvez vous offrir ce genre de fantaisies.

— Oui, mais rien ne m'en empêche si je reste avec Anthony St Julien.

— Eh bien, je suis obligé de dire que vous ne manquez pas d'air. Si vous restez avec Anthony St Julien, on peut espérer que vous aurez assez de sens moral pour la rendre.

— À qui, je vous prie ?

— À moi, naturellement. Après tout, le vieux vous l'a envoyée comme cadeau de mariage avec moi, me semble-t-il.

— Pas du tout. Relisez donc la carte et montrez-moi un seul mot qui fasse mention de vous ou d'un mariage. Je pourrais éventuellement la rendre au duc, mais cela n'a rien à voir avec vous.

— Regardez, dit Jasper en brandissant la carte, "avec l'espoir qu'il pourra bientôt se prévaloir d'une relation plus intime". Qu'est-ce que ça veut dire, à votre avis ?

— J'espère que le duc a des intentions honorables », dit Poppy sans se démonter. Elle prit la tiare, la remit dans sa boîte puis, la tenant fermement entre ses mains, elle traversa le hall et appela : « Mr Birk ! »

Mr Birk sortit de son bureau.

« Pourrais-je emprunter votre voiture ? Je voudrais aller à la banque de Rackenbridge.

— Certainement, miss Smith.

— Il est cinq heures passées, dit Jasper, les banques ferment à trois heures, vous ne l'ignorez pas, ma chère. »

Le regard de Mr Birk allait de l'un à l'autre. Poppy lui dit : « J'ai reçu en cadeau un bijou que je tiens à mettre en sûreté, Mr Birk. Croyez-vous qu'il me serait possible de m'adresser au directeur de la banque ?

— Certainement, miss Smith. Il se trouve que le directeur est le frère de ma femme – je vais vous conduire moi-même à Rackenbridge et m'en occuper. Je suis sûr qu'il fera tout pour vous rendre service. Si vous voulez bien attendre un moment, je vais chercher la voiture.

— Merci beaucoup, dit Poppy. Je vous accompagne au garage. » Quelques minutes plus tard on pouvait la voir s'éloigner en direction de Rackenbridge, serrant toujours contre elle le coffret de cuir rouge.

Cette souris a appris deux ou trois choses depuis son arrivée ici, pensa Jasper, admiratif. Il se dirigea machinalement vers le bar, où l'aborda Mrs Birk.

« Excusez-moi de vous déranger, monsieur, dit-elle, mais voici votre note pour la semaine passée. Mr Foster nous a dit de la mettre sur votre compte à partir de jeudi dernier.

— Oh, bien sûr, merci », dit Jasper. La facture lui parut énorme. Il en lut les détails, admit avec un soupir qu'elle était exacte, et remplit un chèque du montant indiqué, qu'il tendit d'un air insouciant à Mrs Birk.

« Un double whisky, je vous prie », ajouta-t-il.

16

La campagne autour de Chalford était défigurée à des milles à la ronde par d'énormes affiches, soigneusement écrites à l'encre noire, qui avaient occupé depuis des semaines les heures de loisir d'Eugenia et de ses camarades, et associaient une discrète propagande à l'annonce qu'un grand rassemblement social-unioniste, un spectacle historique, une garden-party et une Olde Englyshe Fayre se dérouleraient à Chalford House. Les portes ouvriraient à 14 h 30 le mercredi suivant, entrée un shilling. Eugenia fit remarquer à Jasper que le vrai *chic** de ces affiches résidait dans le fait qu'il n'y en avait pas deux semblables.

« Oh vraiment ? dit Jasper, je pensais qu'elles étaient toutes pareilles – en tout cas, chacune d'entre elles donne l'impression d'être décorée d'un portrait de King Kong.

— Vous êtes stupide, s'écria Eugenia furieuse, le menaçant de son poignard, vous ne voyez pas qu'il s'agit d'un camarade de l'Union Jackshirt qui tend la torche du social-unionisme à la jeunesse d'Angleterre ? Ce qu'elles ont de particulier, c'est que leur message diffère en fonction de l'endroit où elles sont placées. N'avez-vous pas lu celle qui se trouve devant le Jolly Roger, par exemple ?

— Je ne l'ai pas lue, dit Jasper, parce que j'étais trop occupé à admirer King… je veux dire le camarade de l'Union Jackshirt.

— Eh bien, vous auriez dû. Elle rappelle la décadence de la haute société dans ces temps d'après-guerre, soulignant que ses membres n'ont plus aucune valeur aux yeux de la communauté car ils ne possèdent plus ni sens moral ni intégrité politique. C'est vrai de vous tous.

— Oh, merci bien, j'en suis convaincu, dit Jasper.

— Les affiches de Rackenbridge font allusion à la main traîtresse des incendiaires pacifistes et proclament que tous les ennemis de la cause du social-unionisme partageront immanquablement le sort de van der Lubbe. Il y en a une posée sur la grande étable du major Lace qui compare notre politique agricole à celle de ces limaces de politiciens Tories, et explique que l'agriculture sera nationalisée par le régime et que les agriculteurs ne pourront plus trafiquer seuls de leur côté. Celle qui est sur le mur du presbytère annonce que la religion est un échec si patent dans ce pays que le social-unionisme prendra bientôt sa place, celle qui orne la maison de Mr Isaac promet que tous les Juifs seront renvoyés dans la Jérusalem d'or, avec du lait et du miel, et celle qui est sur les grilles du parc de lord Alexander montre l'aspect périmé des règles de transmission héréditaire.

— J'imagine que vous devez être devenue très populaire dans la région.

— Qu'est-ce que la popularité ? s'écria Eugenia d'un ton méprisant. Qu'est-ce que la vie elle-même comparée au drapeau ? Les camarades attendent ce mercredi avec impatience. Vous ne pouvez imaginer le travail formidable qui a été accompli pour tout organiser. On attend sept grands cars remplis d'Union Jackshirts, et ils viendront tous à la générale lundi soir. Ceux qui ne participent pas au spectacle seront habillés en costumes d'époque et grossiront les vivats qui accueilleront George III. Oh, flûte, c'est vraiment dommage que nous devions avoir Mrs Lace dans le carrosse.

— Peu importe, vous n'aurez qu'à vous concentrer sur Mr Wilkins, il semble qu'il soit devenu un membre enthousiaste du Mouvement.

— Oui, c'est réconfortant. Je vais lui demander s'il compte porter son insigne sur ses vêtements d'apparat, après tout George III était une sorte de prophète, n'est-ce pas ?

— Complètement toqué, je crois, dit Jasper.

— Miss Trant a été épatante, continua Eugenia, je me demande ce que nous aurions fait sans son aide. Elle s'est débrouillée pour louer cent robes Dolly Warden[1] et cent costumes de bergers de Dresde pour à peine une demi-couronne pièce, et elle se chargera du thé. Maintenant, il faut que j'aille écrire des cartes postales pour rappeler à toutes les sections concernées que la générale aura lieu à deux heures lundi et non à trois comme il était prévu. Oh, vous pensez que ce sera un succès, Union Jackshirt Aspect, n'est-ce pas ?

— Je suis sûr que ce sera un après-midi extrêmement distrayant », répondit Jasper. Elle partit au trot sur son petit cheval noir.

1. Robes fleuries en vogue au dix-neuvième siècle, d'après le personnage de Charles Dickens dans *Barnaby Rudge*. (*N.d.T.*)

« Oui, Mr Birk ?

— Désolé de vous déranger », disait Mr Birk. Il tenait à la main un chèque que Jasper reconnut sans peine ; c'était celui qu'il avait donné à Mrs Birk quelques jours plus tôt. « Il a été retourné en recommandé, dit Mr Birk, il y a sans doute une erreur. »

Jasper le prit, y jeta un coup d'œil et dit : « Oh, je vois, un léger malentendu. C'est stupide de la part de ma banque, je suppose que je vais devoir envoyer un télégramme à cet imbécile de directeur. »

Il partit sans presser le pas en direction du bureau de poste, où il envoya un télégramme à sa sœur, la priant de lui envoyer d'urgence dix livres et signé « SOS Jasper ». Il se sentait abattu. Poppy persistait à le laisser dans l'incertitude, et il ignorait si elle était sentimentalement attachée à lui ou non. Les détectives avaient quitté Chalford, disparaissant aussi soudainement et mystérieusement qu'ils étaient apparus, et elle avait paru s'en inquiéter. « Il semblerait qu'ils aient trouvé ce qu'ils cherchaient, dit-elle. Nous avons été stupides de ne pas prendre plus de précautions. » Jasper songea que rien au monde n'était plus déprimant que des ennuis d'argent combinés à l'incertitude des sentiments. Il espérait accessoirement que sa sœur n'était pas déjà partie pour l'étranger.

Et aux souffrances de Jasper s'ajoutait la gaieté excessive affichée par Noel. Il se vantait à tout bout de champ des situations mirifiques que ses oncles allaient lui obtenir sur le continent. Ils lui avaient écrit très aimablement à ce sujet, et il s'attendait d'un jour à l'autre à avoir des nouvelles définitives de leur part.

Dans cet espoir il gardait Mrs Lace à distance avec de vagues promesses, ce qui n'était pas très difficile en ce moment préci où toutes les pensées et l'énergie d'Anne-Marie étaient concentrées sur le spectacle. Elle était à ce point absorbée dans ses rêves du grand jour qu'elle ne remarqua pas l'étrange comportement des jeunes gens de Rackenbridge. Un matin, Mr Leader ne la salua pas dans High Street. Mr Forderen n'avait pas répondu à une lettre dans laquelle elle l'invitait à la photographier dans une ambiance dix-huitième. Il ne lui vint pas à l'esprit d'en conclure que Rackenbridge avait peut-être conçu d'autres projets pour l'après-midi du mercredi.

La veille du spectacle une véritable tempête s'abattit sur le pays, une pluie diluvienne qui semblait devoir durer une semaine au moins.

« C'est parti pour la flotte », dit Mr Birk avec entrain, sifflant entre ses dents. Le bulletin météo du *Daily Mail* confortait ses prévisions pessimistes. « Temps incertain les jours suivants. »

Poppy, Marjorie, Jasper et Noel se réunirent dans le petit salon pour se réconforter, contemplant les rideaux de pluie et se demandant si ce serait trop demander à Mrs Birk de remplacer par un feu les fougères et le papier froissé qui ornaient le foyer de la cheminée. Au début de l'après-midi Eugenia et Mrs Lace les rejoignirent et se lamentèrent avec eux. Les semaines de travail, l'attente fiévreuse qui leur avait semblé durer une éternité, tout ça était peine perdue à leurs yeux ; ils se sentaient affreusement découragés.

« Il y a bien le court de squash », marmonna Eugenia, sans grande conviction. De plus, la répétition générale, qui avait eu lieu la veille, avait été un échec total à tous les points de vue, et ils avaient décidé à l'unanimité d'en faire une autre, ce qui était bien sûr impossible maintenant.

La conversation se déroula à bâtons rompus et, d'un commun accord, chacun feignit de croire qu'il ferait beau le lendemain.

« Mr Wilkins ne devra pas oublier d'ôter son chapeau, ou de s'incliner, devant la populace qui l'acclame. Hier il est resté assis en arrière et personne ne pouvait le voir.

— Je l'ai trouvé parfait, protesta lady Marjorie.

— Et je pense aussi qu'il devrait prendre place du côté gauche, afin de pouvoir sortir le premier pour accueillir Mrs Lace.

— C'est Noel qui doit m'accueillir, protesta Mrs Lace.

— Eugenia, n'oubliez pas de dire au cocher d'aller au pas, il faut que cette arrivée ait un caractère imposant, c'est de loin l'épisode le plus important. Pour moi tout dépendra de son déroulement.

— Ne trouvez-vous pas que le podium est un peu nu ? Il me semble qu'on pourrait y rajouter des drapeaux ou je ne sais quoi pour l'égayer un peu.

— Des Union Jacks, dit Eugenia, je m'en occupe.

— Il faudra donner au premier messager l'ordre strict de ne pas s'approcher du podium avant que la petite Margaret Cooper ait offert sa gerbe de fleurs à la reine Charlotte. Hier, toute cette partie s'est déroulée dans une terrible confusion.

— Je pense pour ma part que les danseurs Morris devraient passer en premier, avant que la pièce commence.

— Ce n'est pas une mauvaise idée, mais dans ce cas nous devons prévenir miss Trant.

— Et Mr Wilkins.

— Oh, cette pluie !

— Vous savez que les épisodes varient énormément. J'ai trouvé quant à moi que la Boston Tea Party[1] était plutôt ratée.

— C'est normal. Aucun des acteurs principaux n'était présent et miss Trant a dû lire leurs textes à leur place, je suppose que c'était un vrai coup de rase.

— C'était digne d'*Alice au Pays des Merveilles* – et ce sera toujours le cas.

— Qui est responsable de la Boston Tea Party ?

— La branche de Barton, dit Eugenia, et j'ai reçu une lettre d'eux ce matin disant que leur car a eu une panne en route. Il sera réparé demain. À propos, Union Jackshirt Aspect, pouvez-vous demander à Mr Wilkins de hausser la voix dans son discours de la Boston Tea Party : "Quittez donc notre grand empire, vils démocrates." C'est un discours d'une importance capitale et il a bafouillé de façon lamentable.

— Je l'ai trouvé tout simplement merveilleux, dit lady Marjorie. Seigneur ! il était divin dans ses vêtements de cérémonie.

— Oh, cette pluie !

— Autre chose, dit Eugenia, s'il tombe un pouce de pluie demain, nous toucherons cent livres de l'assurance. » Jasper avait négocié cette clause, gagnant

1. Révolte politique en 1773 aux États-Unis contre le Parlement britannique. (*N.d.T.*)

au passage une petite commission dans l'opération. « Nous les toucherons de toute façon, dit-il, la hauteur de l'eau sera mesurée dans le pluviomètre du directeur de l'école, et j'ai l'intention d'y passer avec un petit arrosoir un peu plus tard dans la journée.

— Vous savez, Jasper, il faut faire quelque chose pour que le bras de Nelson, reste invisible. Hier il apparaissait en permanence sous sa manche épinglée, il avait l'air idiot.

— Oui, et pourquoi Nelson boite-t-il et feint-il d'être sourd ? À mon avis, c'est grossièrement surjoué.

— Il est certain que toute la scène de Nelson n'est pas très satisfaisante. Par exemple, lady Hamilton était-elle vraiment tellement copine avec George III ? J'ai le vague souvenir qu'elle n'a jamais été reçue à la cour, et de toute manière il était devenu cinglé à cette époque.

— Personne ne le saura.

— Bon, d'accord, mais je suis sûr que tout le monde sait qu'elle n'était pas au chevet de Nelson sur son lit de mort. Il existe un tableau célèbre de la scène.

— Elle n'était pas *censée* y figurer, s'écria Jasper, atterré, je lui ai répété cent fois de se tenir à l'écart. Elle fiche complètement en l'air le "Embrasse-moi, Hardy".

— Oh, mais Hardy ne s'est pas présenté hier, et comme il fallait quelqu'un pour embrasser cette vieille gloire, lady Hamilton a paru la plus appropriée.

— Il paraît qu'elle est folle de lui, dans la vie réelle, bien sûr. C'est miss Trant qui me l'a dit.

— De toute manière j'ai lu une correspondance dans le *Sunday Times* disant qu'en réalité il ne s'agissait pas de Hardy.

— Je m'en fiche, Hardy l'a vraiment embrassé. Tout le monde sait ça.

— Oh, cette pluie !

— Vous ne trouvez pas que le passage où Wolfe récite l'"Élégie" de Gray à ses troupes traîne un peu ? Ne pourrait-on pas la raccourcir ?

— Et Napoléon à bord du *Bellérophon* ressemblait à "Nelson blessé aux îles Canaries". Je vous avais prévenu.

— De toute manière, j'ai eu l'impression que Napoléon était aveugle.

— Je me demande bien où il a trouvé quelque chose à boire, je n'y suis jamais arrivé.

— L'anoblissement de Pitt était bien joué, dit Eugenia. Je dois dire aux camarades d'applaudir très fort cette scène. Si Pitt était en vie de nos jours, il serait social-unioniste, bien entendu. Ainsi que Fox.

— Oh, cette pluie !

— Au fait, dit Eugenia, un des chevaux du vieux carrosse s'est mis à boiter bas depuis hier, nous utiliserons Vivian Jackson à sa place. Il est ravi, le chéri, il adore participer. »

La pluie continua à tomber toute la soirée. Il pleuvait à verse, sans interruption. À l'heure du thé le télégramme que Jasper avait adressé à sa sœur lui revint. « Partie à l'étranger, adresse inconnue.

« Bon sang, dit-il d'un ton lugubre, ce n'est pas de la pluie c'est un déluge. Je suppose que lorsque les chèques vous reviennent il est naturel que les télégrammes en fassent autant. Dis donc, vieux frère, prête-moi dix livres.

— Désolé, mon vieux. »

« Miss Smith chérie, dit-il beaucoup plus tard dans la soirée, avez-vous l'intention de m'épouser ou non ? Je serais content de le savoir sans trop attendre.

— Pourquoi ?

— Parce que si c'est non je mettrai les voiles après le spectacle.

— Pour où ?

— L'Uruguay.

— Oh, je n'en ferais rien à votre place.

— Alors épousez-moi.

— Je vous le dirai demain, dit Poppy, lorsque le spectacle sera terminé – si jamais il a lieu. Oh, quelle pluie ! »

Jasper se demanda pourquoi il était incapable d'emprunter dix livres à Poppy. Il n'avait jamais ressenti un tel manque de confiance en lui-même dans ses rapports avec les femmes. La pauvre petite Marigold était jadis restée en gage dans un hôtel parisien dont il n'avait pas pu payer la note, et qui sait si elle n'y était pas encore. Il ne s'imaginait pas infligeant un tel traitement à Poppy.

« Bonsoir, chérie, dit-il. Oh, cette pluie ! »

Personne ne ferma l'œil de la nuit au Jolly Roger, le mauvais temps occupait trop les esprits. Certains laissèrent les rideaux ouverts de manière à pouvoir observer de leur lit le plus petit changement, d'autres tentèrent d'oublier leur inquiétude en fermant les volets, mais finirent par faire de constants allers et retours pour les ouvrir à nouveau. À deux heures du matin la pluie cessa subitement, et on n'entendit plus rien à l'exception du bruit de l'eau qui dégoulinait des arbres. On ne voyait ni le ciel ni les étoiles tant l'obscurité était profonde. Peu avant cinq heures le jour se leva sur le village enveloppé d'une brume blanche opaque. À huit heures elle commença à se dissiper, et à neuf heures un chaud soleil dardait ses rayons sur la campagne fumante. C'était une parfaite journée d'été.

17

Une parfaite journée d'été. Le soleil matinal pénétrait à flots par les fenêtres du Jolly Roger, sans parvenir à réveiller ses occupants. Dès qu'ils furent conscients du retour incontestable du beau temps, ils effacèrent les effets d'une nuit blanche en s'abîmant dans une bienheureuse et insouciante somnolence. Plus le soleil brillait plus leur sommeil était profond. Il était presque onze heures lorsque Eugenia et Vivian Jackson déboulèrent sur la pelouse de Chalford et qu'ils furent tous réveillés par un raffut épouvantable où se mêlaient cris, hennissements et claquements de fouet. Des visages endormis se montrèrent, l'un après l'autre, aux quatre fenêtres.

« Salut ! et debout, camarades de l'Union Jackshirt ! cria Eugenia. Je me demande comment vous pouvez être encore au lit par une journée pareille – je suis levée depuis l'aube. Il y a beaucoup à faire pour chacun de vous à Chalford Park – en tant que chef du secteur, je vous enjoins de me suivre sans tarder. » Elle tira sur la bride de Vivian Jackson, qui se cabra et rua avant de partir au galop, tandis qu'Eugenia, solide comme un roc, chantait à tue-tête : « Patrie des Union Jackshirts, mère du drapeau. »

Poppy fut la première prête. Elle renonça délibérément à son tour dans la bataille pour la salle de bains, avec l'intention de prendre un grand bain chaud à Chalford House quand elle s'habillerait pour le spectacle. Satisfaite d'avoir ainsi pris de l'avance sur les autres, elle descendit au rez-de-chaussée. Sur la table du vestibule elle aperçut, pour la première fois depuis son arrivée au Jolly Roger, une lettre qui lui était adressée. Et, plus encore, portant l'écriture autrefois aimée et toujours familière d'Anthony St Julien. Prise d'un léger vertige, elle l'ouvrit.

C'était, venant de lui, une longue lettre de quatre pages d'une petite écriture régulière au début, qui devenait de plus en plus large et irrégulière à la fin. Il incitait Poppy à revenir vivre avec lui. Il disait que la maison était mal tenue, le cuisinier avait donné son congé et la femme de chambre, malgré des rappels quotidiens, refusait obstinément de faire nettoyer les housses amovibles. Il lui semblait aussi que les comptes de la semaine étaient anormalement élevés. Il poursuivait en disant, vers la fin de la deuxième page, qu'aucune autre femme ne compterait jamais autant dans sa vie et que, si elle était prête à oublier le passé, il accueillerait son retour avec joie. Aucune allusion directe aux détectives ou à la débutante. Poppy hésita. Anthony St Julien, après tout, était son mari, et elle aimait beaucoup sa petite maison de Chapel Street. Elle n'avait pas besoin de fermer les yeux pour se représenter son salon tapissé d'un papier peint à motif de treillage, ses lourds rideaux rouges et ses meubles en citronnier. Il lui serait bien plus difficile de quitter une maison à laquelle elle était particulièrement attachée qu'un mari pour lequel ses sentiments faisaient partie du passé. Dans des circonstances où beaucoup de femmes auraient cherché à mettre en balance une fidélité ancienne et une passion récente, elle se demanda plutôt s'il lui serait possible de récupérer en douce son petit secrétaire, au cas où elle déciderait d'associer son sort à celui de Mr Aspect. Cette hésitation ne la troubla en aucune manière, elle était certaine qu'une fois le spectacle historique et la garden-party terminés elle saurait quelle décision prendre.

Noel aussi trouva une lettre ce matin-là. Elle provenait de l'un de ses oncles et l'informait qu'il devait se rendre dès que possible à Londres, où un entretien lui serait ménagé avec un banquier viennois qui était disposé à lui fournir un emploi. Il envoya aussitôt un télégramme à son oncle le prévenant qu'il serait à Londres le lendemain.

Une fois prêts, ils s'entassèrent tous dans la voiture que l'aimable Mr Birk avait mis à leur disposition, et furent conduits à Chalford Park. À l'intérieur de la maison et au-dehors régnait le chaos, et on pouvait difficilement imaginer que les choses allaient revenir à la normale. Ouvriers, social-unionistes, représentantes de l'Institut des femmes ainsi qu'une multitude de journalistes se bousculaient à l'extérieur, tandis qu'à l'intérieur, miss Trant et Mrs Lace se disputaient farouchement les salons d'habillage. Quatorze chambres avaient été mises à leur disposition par lady Chalford, et Mrs Lace prétendait avoir besoin, pour habiller les acteurs de l'épisode de Chalford, d'au moins sept d'entre elles. Comme elle avait la charge de vingt personnes, et que miss Trant en avait au moins deux cents, les exigences de Mrs Lace paraissaient pour le moins disproportionnées. On finit par la convaincre de se contenter de trois chambres. Elle commença alors à disposer les costumes, étalant les robes sur les lits et les sièges, couvrant les tables d'accessoires. Jasper et Poppy vinrent y jeter un coup d'œil, et conclurent que les jeunes gens de Rackenbridge avaient une influence exagérée sur Mrs Lace. Sa conception en matière de costume était très moderne.

« J'ai plutôt l'impression, dit Jasper dans un de ces apartés à voix haute dont il était coutumier, que ces tuniques en tissu imperméable, ces perruques de carton et ces fichus en cellophane vont paraître bizarres à côté des deux cents robes style Dickens ou bergère du dix-huitième louées par cette chère miss Trant au costumier d'Oxford.

— Si vous voulez mon avis, elles sont horribles, murmura Poppy, faut-il vraiment que je porte cette monstruosité de perruque ?

— C'est votre faute, chérie, vous n'avez pas voulu prendre la peine de chercher un costume et maintenant vous êtes victime du goût de Rackenbridge. C'est bien fait pour vous. »

Lady Marjorie paraissait surexcitée et courait en tous sens à la recherche de Mr Wilkins, en criant : « Je meurs d'impatience, je meurs d'impatience. » Mr Wilkins, cependant, n'avait pas encore fait son apparition.

La matinée passa comme un éclair.

Lady Chalford, que ce tumulte inhabituel ravissait, insista pour les convier tous à un déjeuner froid, auquel elle avait déjà invité le directeur de Peersmont et ses pensionnaires. Les années semblaient s'être effacées à cette occasion ; elle avait l'air d'une jeune femme en accueillant son vieil ami le duc de Driburgh et deux de ses collègues que le directeur avait jugés aptes à participer à cette sortie.

Le duc, cependant, lui faussa compagnie dès qu'il le put et se dirigea tout droit vers Poppy, que ses attentions embarrassèrent considérablement. Quand vint l'heure du déjeuner il manœuvra de manière à se trouver à côté d'elle, garda son genou pressé contre le sien pendant tout le repas et lui serra la main entre les services. Lorsqu'elle voulut le remercier pour la tiare il la fixa d'un air farouche et laissa échapper quelques allusions obscures.

« Comment se porte lord Rousham ? demanda-t-elle pour changer de sujet.

— Il ne s'alimente plus, je regrette de le dire. Il ne veut plus rien manger désormais, sauf les noix de coco et les morceaux de graisse de bœuf que nous donnons aux mésanges. Gunnersbury est en train de lui fabriquer un nichoir, ce vieil idiot qui se mêle de tout s'est toujours plaint des conditions de logement. Je ne supporte pas ses stupides idées socialistes : si quelqu'un veut construire son propre nid, qu'il le fasse. Les syndicats ont été la perte de ce pays, retenez bien ce que je vous dis, jeune femme. »

Après le déjeuner, le duc conduisit Poppy dans l'embrasure d'une fenêtre et lui proposa de l'épouser.

« Mais vous êtes déjà marié, duc ! » s'écria-t-elle, pour gagner du temps. Il avait un éclat sauvage dans le regard qui l'inquiétait.

« Ah, vous me trouvez démodé, d'un autre temps, n'est-ce pas ? Mais je suis devenu très moderne dans ma conception des choses depuis peu, je puis vous l'assurer, et je comprends que de nos jours il soit tout à fait possible de se fiancer alors qu'on est encore marié. Du pur bon sens. À présent je suggère que nous donnions à cette chère Maud toutes les preuves qu'elle voudra et que nous filions ensuite jusqu'à un bureau d'état civil. Qu'en pensez-vous, jeune femme ? Il y a beaucoup d'autres jolis jouets suspendus aux branches de l'arbre d'où provient la tiare, vous savez.

— Ce sera merveilleux, dit Poppy, et à présent, duc...

— Appelez-moi Adolphus.

— Et à présent, Adolphus, j'ai beaucoup à faire. Si vous voulez bien m'excuser il faut que je vous quitte. Mais je vous reverrai bientôt.

— Et pour de bon, jeune femme, pour de bon », lui cria l'amoureux Adolphus avec un regard concupiscent.

Poppy, qui n'avait rien de spécial à faire pendant l'heure suivante (ils avaient déjeuné tôt et sur le pouce), s'échappa vers la bibliothèque voisine, où elle pouvait se cacher derrière les rayonnages en saillie. Elle se réjouit d'y trouver les journaux, disposés sur une table ronde en cuir et, prenant *The Times*, elle commença à le feuilleter. La première chose ou presque qui attira son regard fut le nom de la débutante d'Anthony St Julien, en tête des faire-part de mariage ; la jeune fille était fiancée à un célèbre joueur de polo.

Poppy comprit alors pourquoi Anthony St Julien la priait si ardemment de revenir ; elle eut pitié de lui, bien que son comportement lui parût inutilement grossier. Il aurait pu attendre un jour ou deux. Toutefois elle lui était presque reconnaissante de s'être montré aussi mufle, car, quelle que soit la décision qu'elle prendrait dorénavant, elle ne le traiterait pas autrement qu'il le méritait. Ses pensées revinrent à son petit secrétaire. Il était plutôt lourd, mais Jasper et elle pourraient sans doute le transporter au milieu de la nuit.

À ce moment lady Marjorie vint la chercher, hideuse dans sa robe à paniers en rayonne mauve portée sur une jupe en tissu caoutchouté couleur argent. Sa perruque de treillis métallique confectionnée à son intention par Mrs Lace s'était avérée trop petite et très désagréable à l'usage, aussi l'avait-elle mise au rancart et remplacée par une coiffure de style fleuri empruntée à miss Trant. Elle était faite de crins blancs qui se dressaient comme une auréole hirsute autour de sa tête ; une anglaise s'enroulait derrière une de ses oreilles, et prenait plus l'apparence d'un tire-bouchon que d'une boucle quand elle marchait. La perruque était trop large et des mèches de cheveux bruns s'en échappaient en dépit d'innombrables épingles.

« Ça alors ! s'exclama Poppy s'efforçant de cacher sa stupéfaction devant cette apparition, déjà prête ?

— Il est encore beaucoup trop tôt, mais je voulais en avoir fini. Je suis trop excitée pour pouvoir rester en place.

— J'ai dû me réfugier ici, expliqua Poppy, parce que cet horrible vieux duc me poursuit. En fait il est même allé jusqu'à me demander en mariage.

— Il se prend pour qui, ce vieux bonhomme ? Quand je pense à tout ce que tu me dis à propos d'Osborne. Je suppose que tu as accepté avec enthousiasme – faut-il te féliciter, chérie ?

— Ma chère Marge – avec *ce* vieux duc ?

— Ne sois pas ridicule. C'est un charmant vieux duc, bien plus gentil que cette montagne de prétention que tu veux me voir épouser. Chérie, comment me trouves-tu ?

— Tu es parfaite.

— Tant mieux. Parce que – tu sais – Mr Wilkins. Je voulais paraître à mon avantage à ses yeux, le cher ange. Oh, mon Dieu ! quand je pense que je ne peux pas être dans le carrosse avec lui.

— Ne t'inquiète pas, je suis convaincue que tu as de meilleures chances de le séduire ainsi, parce que tu vas être assise à côté de lui pendant des heures sur le podium, et quand les épisodes auront pris fin Noel escortera la beauté locale jusqu'à l'Olde Englyshe Fayre. Ce sera une occasion unique pour toi.

— Oh, je suis terriblement excitée ! Je suis parcourue de frissons. Les social-unionistes devraient arriver d'un instant à l'autre en car. Va t'habiller, Poppy, je suis trop intimidée pour aller accueillir Mr Wilkins toute seule. »

Peu après, accompagnés d'hymnes, de cris et de vivats, les camarades commencèrent à arriver. Ils paraissaient d'une folle gaieté tandis que leurs chefs les conduisaient vers les vestiaires de miss Trant, où ils entreprirent de revêtir par-dessus leurs chemises de l'Union Jack des tuniques de brocart et des culottes de satin, ou des robes à paniers de brocart et des jupes de satin, suivant leur sexe. On leur fixa des jabots de dentelle bon marché autour du cou, des volants trop lâches à leurs manches qui laissaient apparaître quelques centimètres de rouge, de blanc et de bleu Suffoquant, transpirant dans un des costumes artistiques de Mrs Lace, Jasper remplissait son rôle de producteur avec le plus grand sérieux. Il courait de droite à gauche, un morceau de papier chiffonné dans une main, un porte-voix dans l'autre, admonestant les divers chefs de secteur et tentant de s'assurer que tous les groupes étaient présents sur la scène. Finalement il se mit debout sur une chaise et les harangua.

« Maintenant les enfants, dit-il, il y a une ou deux choses que je voudrais vous rappeler. La générale de lundi s'est plutôt mal passée. Personne n'était en costume, et ça ressemblait à tout sauf à une répétition. Mais que cela ne nous empêche pas de faire des étincelles cet après-midi. Je veux que vous vous mettiez dans l'esprit de l'époque – souvenez-vous qu'à partir de maintenant nous sommes au dix-huitième siècle. Lorsque le carrosse arrivera avec le roi George et la reine Charlotte, je veux que vous vous aligniez le long de l'allée – et que vous les accueilliez par de longues acclamations enthousiastes, sans cri ni salut social-unionistes. Prononcez quelques mots de façon audible : "Dieu bénisse Sa Majesté" ; "Vive la maison de Hanovre" ; "Longue vie à la reine Charlotte", et ainsi de suite, et au moment du passage du carrosse, mettez-vous à genoux. Ceux d'entre vous dont les perruques ne sont pas cousues à leur chapeau peuvent les retirer, je veux dire les chapeaux, et les agiter. Un autre point important – souvenez-vous que vous aurez tout le temps nécessaire pour gagner vos places en vue des épisodes suivants pendant que le roi et la reine descendent du carrosse et écoutent les discours de bienvenue. Lundi, vous vous êtes beaucoup trop dispersés ; c'était la confusion générale. À présent je vais relire la liste des épisodes dans l'ordre, car je veux que tout soit clair. »

Arrivée de George III et de la reine Charlotte (Union Jackshirt Wilkins et Mrs Lace).
Discours de bienvenue par lord Chalford (Union Jackshirt Noel Foster)
Réponse de George III.
Intermède, danses Morris.
Arrivée du premier messager annonçant la victoire de Wolfe sur les pacifistes français à Québec.
Premier épisode : Pendant qu'il lit à ses troupes l'« Élégie écrite dans un cimetière campagnard » de Gray, Wolfe est atteint par une balle perdue et meurt dans une meule de foin. La fanfare de Rackenbridge joue la « Marche funèbre » de *Saül.*

Un messager se présente annonçant le déclenchement de la Boston Tea Party. Discours de George III : « Eh bien quittez notre grand empire, vils démocrates », etc.
Deuxième épisode : Les bourgeois de Boston, une corde autour du cou, répandent leur thé sur le sol et boivent du whisky illicite. La fanfare de Rackenbridge ne joue pas la « Marche funèbre » de *Saül* (comme elle l'a fait lundi) mais « Ma petite cruche brune comme je t'aime ».

Des messagers annoncent que Clive et Warren Hastings se sont déshonorés en Inde.
Troisième épisode : Clive et Warren Hastings, perchés sur un éléphant, sont entourés de danseuses

Nautch[1] – au fait, j'espère que les pattes de derrière seront là cet après-midi, miss Trant a été obligée de les remplacer lundi – ah, Union Jackshirt Pierpont, c'est bien. La fanfare de Rackenbridge joue « Dans un jardin persan ».
Intermède, pour l'anoblissement de Pitt. La fanfare joue « For he's a jolly good fellow ».

Un messager annonce la Révolution française. La fanfare de Rackenbridge joue « La demoiselle d'Armentières ».
Un autre messager lui succède, annonçant la blessure de Nelson aux îles Canaries et sa victoire navale sur les pacifistes français.
Discours de George III. « Dieu répandit son souffle et ils furent dispersés », etc.
Quatrième épisode : Nelson, sa lunette rivée à son œil aveugle, et regardant lady Hamilton de l'autre, a son bras emporté par un boulet. La fanfare de Rackenbridge joue « Toutes les gentilles filles aiment un marin, toutes les gentilles filles aiment un matelot ». Tableau de lady Hamilton dans une de ses attitudes.

Arrivée d'un messager annonçant la mort de Nelson.
Cinquième épisode : Nelson mourant sur un tas de paille. Hardy l'embrasse. Discours de Nelson : « C'est de loin ce que j'ai fait de mieux », etc. Nelson meurt en disant : « Prenez soin de la jolie et

1. Danseuses professionnelles indiennes. (*N.d.T.*)

charmante Emmie. » La fanfare joue à nouveau la « Marche funèbre » de *Saül.*

Tableau final : « L'exil de Napoléon ».
La fanfare joue « God Save the King ».

« J'espère que tout est clair pour vous à présent », dit Jasper, d'une voix légèrement enrouée en sautant de sa chaise.

Pendant ce temps, les voisins arrivaient en nombre. LPVC l'aurait-elle su, un changement de plan ne lui aurait servi à rien, car ces mêmes gens dont la présence sous son toit lui était si odieuse s'affairaient tous à payer leur shilling aux portes du parc. Non seulement ils étaient impatients de profiter du spectacle, dont les affiches avaient été rédigées de façon si étrange, mais la plupart d'entre eux étaient immensément curieux de voir Eugenia, l'héritière inconnue, et les beautés désormais légendaires de Chalford House. Et c'est ainsi que de grosses voitures étincelantes remontèrent l'avenue du château l'une à la suite de l'autre, pour être dirigées par des camarades vers un parking boueux où elles déversèrent la détestable *élite** voisine. Ils riaient et bavardaient, s'émerveillant devant la maison, impatients de faire la connaissance d'Eugenia ; le poids de la honte pesait peu sur leurs épaules – ils auraient été surpris s'ils avaient connu la violence des sentiments de lady Chalford à leur égard.

L'heure fatidique approchait. Mrs Lace, très années vingt dans sa robe de rayonne dorée et sa perruque de trombones, avait depuis longtemps disparu avec Mr Wilkins derrière le potager, où le carrosse royal les attendait. Le groupe qui devait les accueillir était élégamment disposé autour de la porte d'entrée, prêt à saluer le souverain et son épouse avec force révérences et courbettes ; des Beau Brummel, Scarlet Pimpernel et lady Treezle faisaient la haie le long de l'allée aussi loin que le regard portait, tous ébahis de prendre part à une manifestation loyaliste du dix-huitième siècle. La foule des spectateurs avait atteint des dimensions que personne n'aurait osé espérer.

Un lourd silence tomba sur l'assistance.

« Quelque chose de terrible va se produire, dit Jasper nerveusement. Je le pressens. »

Des vivats enthousiastes éclatèrent enfin, le carrosse était sans nul doute en chemin. Un frisson d'excitation parcourut la foule, les cous se tendirent pour voir l'arrivée glorieuse, chacun retint son souffle, prêt à grossir l'ovation qui se rapprochait. Soudain elle hésita, diminua d'intensité et se tut. Un bruit de tonnerre la remplaça, ponctué d'affreux cris perçants, et l'instant d'après le carrosse surgit projeté à toute allure, les chevaux lancés au grand galop, ayant visiblement échappé à tout contrôle. Hurlant, Mrs Lace tentait de se jeter par une fenêtre, tandis que Mr Wilkins essayait de l'en empêcher. Leurs deux perruques étaient tombées.

La foule s'enfuyait à toutes jambes. Il semblait que rien n'empêcherait le carrosse et les chevaux d'aller s'écraser contre Chalford House, quand Mr Wilkins, après avoir jeté Mrs Lace sur le plancher, passa par la fenêtre et grimpa sur le siège du cocher, où il arracha les rênes des mains tremblantes et inefficaces de l'ancien palefrenier de lady Chalford. Juste à temps il parvint à détourner Vivian Jackson et son collègue cheval de leur trajectoire et à les diriger vers la pelouse. Le carrosse tangua furieusement pendant quelques instants, avant de se renverser, stoppant les deux chevaux dans leur course. Les camarades se pré cipitèrent, tendirent des mains secourables pour sor tir du carrosse une Mrs Lace au bord de l'hystérie et emporter le palefrenier sur une civière – il semblait souffrir d'une commotion cérébrale. Lady Marjorie, transportée d'amour et d'admiration, implorait son héros de lui dire qu'il était toujours en vie, ce qu'il fit avec conviction ; Eugenia sanglotait dans l'encolure de son cheval, « Mon chou, mon cher Vivian Jackson, ne me fais plus jamais une telle frayeur, tu aurais pu te tuer. Tu n'as rien, tu es sûr ? » Elle lui tâta l'un après l'autre les membres antérieurs et postérieurs et l'emmena jusqu'à son box.

« C'est curieux, dit Mr Wilkins à Jasper, c'est un garçon de Rackenbridge, j'ai oublié son nom, qui est à l'origine de toute cette confusion. Il a surgi hors de la foule en agitant un drapeau jaune devant les chevaux, un geste d'une stupidité effarante ; ils risquaient de s'emballer. »

On transporta Mrs Lace à l'intérieur de Chalford House. Sa robe dorée était déchirée en plusieurs endroits, sa perruque hors d'usage, mais elle semblait indemne. Elle s'autorisa une belle crise d'hystérie jusqu'à ce que le major Lace la secoue énergiquement, après quoi elle se refit une beauté, emprunta une perruque de coton à l'aimable miss Trant, et reprit sa place à côté de Mr Wilkins.

Pendant ce temps le spectacle se déroulait comme si de rien n'était. Mr Wilkins, que le choc n'avait en rien perturbé, se rappela ses discours mieux que les fois précédentes et s'acquitta de son rôle de monarque comme s'il avait toujours été roi.

Les social-unionistes l'ovationnèrent avec enthousiaste au moment où il monta sur le podium.

« G.E.O.R.G.E. Nous voulons George ! » crièrent-ils.

Lady Marjorie se tenait près de lui, ses cheveux de crin en bataille, le cœur battant, les joues écarlates. Elle aussi voulait George.

Le succès fut immense. Les épisodes se succédèrent sans anicroche et personne ne parut remarquer que Jasper avait pris des libertés avec la vérité historique à un degré sans précédent même au théâtre. Les scènes les plus acclamées furent en réalité celles qui avaient le moins de fondement historique.

Les clameurs des social-unionistes et du public tournèrent au délire quand un messager vint annoncer à George III que Louis de France avait été décapité par des marxistes non aryens, et que le monarque anglais conclut tristement : « Hélas, mon pauvre frère ! »

Le spectacle devait se terminer par un tableau représentant Napoléon à bord du *Bellérophon*, mais Eugenia y opposa son veto à la dernière minute, car elle s'était soudain rendu compte que, si Napoléon était certes un sale étranger, il était pourtant un chef. Ils finirent donc, sans rime ni raison, par la mort de Nelson, qui ne fut pas plus réussie du point de vue de Jasper, car lady Hamilton et Hardy se précipitèrent de manière tout aussi inconvenante pour embrasser l'amiral à l'agonie. Le public, cependant, sembla trouver la scène à son goût.

Puis la fanfare de Rackenbridge commença à jouer « En avant, soldats chrétiens », sur quoi les social-unionistes au garde-à-vous entonnèrent leur hymne.

En avant, Union Jackshirts.
Combattez pour la gloire de l'Angleterre,
Combattez et mourez pour l'Angleterre,
Épargnez-lui la honte.
Quand les étrangers font la grimace,
Piétinez-les dans la boue,
Sautez-leur au visage,
Couvrez-les de sang.
En avant, Union Jackshirts.
Combattez pour la gloire de l'Angleterre,
Combattez et mourez pour l'Angleterre,
Épargnez-lui la honte.

En avant, Union Jackshirts.
L'Angleterre vaincra,
L'Angleterre s'élèvera encore plus haut
Grâce aux fidèles Jackshirts.
Les premières lignes vacilleront.
Nous leur donnerons davantage
De raisons de frémir
Qu'ils n'en ont jamais eu.
En avant, etc.

Combattez avec balles et boulets,
Combattez avec l'huile de ricin,
Combattez avec la plume et le papier,
Combattez, oh loyaux Jackshirts.
Combattez l'ignoble pacifiste.
Combattez les poitrines flageolantes.

Qu'ils éprouvent le poing des Jackshirts,
Qu'ils appellent à grands cris le repos.
En avant Union Jackshirts.
Vous mettrez les étrangers en déroute.
Combattez et mourez pour l'Angleterre
Et l'Union Jack.

C'est alors que survint un autre incident regrettable auquel personne ne s'attendait. Il y eut une petite interruption pendant que George III se préparait à descendre du podium pour se rendre à l'Olde Englyshe Fayre. Les camarades, qui étaient complètement imprégnés de l'esprit du spectacle, faisaient cercle autour de lui en l'acclamant à tue-tête, quand subitement ils furent attaqués par-derrière par des hommes d'apparence repoussante, vêtus à la manière des *sans-culottes** de la Révolution française, et coiffés de casquettes jaunes. « Nous voulons la paix ! Nous voulons la paix ! » criaient-ils, répandant des plumes blanches tout autour d'eux.

Nous combattrons
Rouge, blanc et bleu
Car nous sommes jaunes
De bout en bout.
Nous nous élancerons
Contre le Capitaine Jack
Car nous pensons
Que son cœur est noir.

« Mort au social-unionisme ! » et ils tombèrent sur les camarades sans défense avec des matraques, des coups de poing américains, des jets de pommes de terre garnies de lames de rasoir, des sonnettes de bicyclettes remplies de plombs de chasse, et d'autres armes aussi primitives qu'efficaces. Les social-unionistes, qui étaient non seulement dépourvus d'armes, mais tristement handicapés par leurs vestes boutonnées, leurs culottes mal ajustées et leurs perruques qui leur tombaient devant les yeux, furent dans un premier temps submergés par l'ennemi. Beaucoup furent mis KO, d'autres, moins chanceux, emportés dans un endroit reculé du parc où ils subirent des atrocités trop horribles pour être rapportées. Mrs Lace fut entraînée jusqu'au bord du lac et plongée dans l'eau à plusieurs reprises par des assaillants masqués bien que vaguement familiers.

Eugenia, entre-temps, était allée à la maison chercher une ombrelle pour sa grand-mère. En entendant le vacarme de la bataille elle ressortit avec précipitation, pour se trouver face à une épouvantable scène de carnage. Les social-unionistes, par petits groupes isolés, se défendaient aussi bravement qu'ils le pouvaient, mais sans succès. Ils étaient en complète déconfiture, et il était clair que les pacifistes allaient l'emporter, à moins qu'un événement inattendu ne vienne inverser le cours de la bataille.

C'est ce qui arriva. Telle une tornade, Eugenia Malmains se rua dans la mêlée, arracha un Union Jack du podium qu'elle brandit au-dessus de sa tête, rassemblant à grands cris les camarades autour d'elle. Les pacifistes eurent une seconde d'hésitation, stupéfaits, n'ayant jamais vu de femme si grande, si belle et si farouche. Cette seconde fut leur perte. Ils revinrent à la charge avec férocité, mais à partir de ce moment le combat commença à tourner à leur désavantage. Se ralliant à Eugenia, les social-unionistes présentèrent enfin un front uni. Entraînés par elle, ils lancèrent leur cri de guerre : « Nous défendons l'Union Jack. »

Nous frapperons,
Nous frapperons dur,
Et nous attaquerons
Tous les traîtres à l'Union Jack
Car nous défendons l'Union Jack

et ils chargèrent sans répit les rangs ennemis, qui reculaient peu à peu devant leur assaut. Bien qu'armés jusqu'aux dents, les lâches pacifistes ne purent résister plus longtemps aux poings des Jackshirts. Ils commencèrent à battre en retraite dans le plus grand désordre, une confusion qui se termina par une complète déroute. Ils prirent la fuite, laissant aux mains des camarades un champ de bataille jonchée d'une quantité de perruques blanches, de plumes et de blessés.

« Tout cela était d'un merveilleux réalisme, s'exclama lady Chalford, admirative. On croirait presque que certains de ces pauvres garçons étaient réellement blessés. » Elle examinait la scène à travers son face-à-main, et s'adressait au duc de Driburgh qui se tenait près d'elle. « Mr Aspect, continua-t-elle, a visiblement hérité de votre talent pour l'écriture, mon cher Driburgh – je n'ai jamais oublié les charmantes compositions pour les cartes de la Saint-Valentin que vous écriviez jadis.

— C'est très aimable à vous, ma chère, dit le duc. Je présume que c'était la bataille de Waterloo à laquelle nous venons d'assister, avec votre chère petite Eugenia jouant le rôle de Boadicée[1], quelle idée géniale. »

Les social-unionistes, malgré leurs blessures (et presque tous avaient été touchés) furent gagnés par une grande excitation. Ils hissèrent Eugenia sur leurs épaules et la portèrent, au milieu de bruyantes exclamations, jusqu'au podium d'où elle prononça un discours émouvant. Elle exhorta tous les témoins de cette vile attaque contre les paisibles social-unionistes à adhérer à leur parti sans hésiter. « Nous sommes la seule barrière contre le pacifisme sous sa forme la plus brutale, s'écria-t-elle, voulez-vous voir le sang couler dans votre rue, vos femmes violées, vos enfants brûlés vifs ? Non ? Alors venez rejoindre les défenseurs de l'Union Jack dès à présent. » Elle brandit son drapeau déchiré, déclarant qu'il serait un jour l'une des reliques les plus vénérées du Mouvement. Elle dit aux camarades que leurs blessures étaient glorieuses, témoins d'un événement mémorable et de la défense d'une juste cause. L'histoire retiendrait leurs noms, dit-elle, ils deviendraient célèbres ; ils se glorifieraient plus tard devant leurs enfants et les enfants de leurs enfants d'avoir eu le privilège de combattre sous l'Union Jack à la bataille de Chalford Park.

Ce discours fut accueilli avec le plus grand enthousiasme, non seulement par les camarades eux-mêmes mais par les membres de l'assistance, dont un grand nombre se hâta de s'inscrire au Parti, Eugenia en personne épinglant le petit emblème sur leurs poitrines. Ceux des pacifistes qui étaient tombés entre

1. Héroïne anglaise du premier siècle après J.-C. qui prit la tête de la révolte contre les Romains. (*N.d.T.*)

les mains de leurs ennemis furent emmenés et forcés d'ingurgiter d'énormes doses de « Ex-Lax, le délicieux laxatif au chocolat », le seul substitut de l'huile de ricin que contenait la pharmacie de Nanny.

Les victimes des atrocités des pacifistes commencèrent alors à revenir l'un après l'autre en titubant. Ils rapportèrent des récits à faire dresser les cheveux sur la tête des traitements qu'ils avaient subis et furent salués tels des martyrs et des héros par Eugenia, qui nota leurs noms dans un petit cahier. Quand les blessures eurent été pansées, et les blessés les plus graves mis au lit dans les chambres d'amis de lady Chalford (laquelle s'était alors retirée dans ses propres appartements, épuisée par les émotions de la journée), Eugenia, suivant la suggestion de Jasper, entraîna un contingent de social-unionistes à la cave, d'où ils remontèrent plusieurs caisses de champagne millésimé qu'ils transportèrent sur la pelouse.

À ce stade, la fête tourna à l'orgie. Un énorme feu de joie fut allumé, sur lequel on brûla les effigies de Karl Marx et du capitaine Chadlington (le député conservateur local) au milieu des imprécations et des sifflets. « À bas les pacifistes ! À bas les communistes ! À bas les non-aryens ! À bas cette gélatine de gouvernement national ! Nous défendons l'Union Jack, nous frapperons, nous cognerons, et nous attaquerons tous les traîtres à l'Union Jack ! »

Tout le monde dansa avec tout le monde, certains dansaient même seuls, signe certain d'une fête réussie, tandis que la fanfare de Rackenbridge jouait un plaintif « Night and Day », son dernier air, des heures d'affilée. Les visiteurs de Peersmont se soûlèrent comme les lords qu'ils étaient, et chacun, une jolie fille au bras, refusa de bouger quand le directeur vint leur dire qu'il était temps de rentrer. Lady Marjorie et Mr Wilkins s'éclipsèrent un moment ; quand ils rejoignirent la foule des fêtards ce fut pour danser une gigue et annoncer leurs fiançailles. Les camarades les acclamèrent et chantèrent jusqu'à ne plus pouvoir ni acclamer ni chanter, et il était une heure du matin quand ils finirent par s'entasser dans leur car et quitter les lieux, sans voix mais heureux.

Le silence tomba sur le parc. Sous la pleine lune, main dans la main, Poppy et Jasper se dirigeaient d'un pas chancelant vers le Jolly Roger. En dépit de leur fatigue extrême ils continuaient à discuter des péripéties de ce sensationnel après-midi.

« Est-ce que vous avez adoré comme moi la bataille ? demanda Poppy. J'ai enfoncé mon talon dans la figure d'un pacifiste tombé à terre – au fait, rappelez-moi de le rapporter à Eugenia. Je pourrais monter en grade dans le Mouvement. Et vous, que faisiez-vous pendant ce temps ? Je ne vous ai pas vu une seule fois.

— Non, dit Jasper, parce que je suis resté tout le temps caché sous le podium. Je ne supporte pas la pensée de prendre un mauvais coup.

— Jasper chéri, vous ne changerez jamais, n'est-ce pas ?

— Acceptez-vous de m'épouser ?

— Franchement, je ne vois pas comment je pourrais l'éviter. Ce serait dommage de ne pas vous avoir près de moi, étant donné que vous êtes la seule personne que j'aie jamais rencontrée qui me fasse tout le temps rire.

— Bon, dit Jasper, nous allons donc vendre la tiare ?

— Oui, chéri.

— Et partir pour l'Uruguay la semaine prochaine ?

— Non, chéri. Ça ne me dit rien. Je n'ai pas une passion pour les Zoulous. »

18

Une grande table était dressée pour le déjeuner dans la salle Iolanthe du Savoy. Elle était chargée d'une profusion de verres et d'un énorme bouquet d'orchidées, et plusieurs bouteilles de champagne dans leurs seaux parachevaient l'atmosphère festive de la scène. La salle voisine avait également été ouverte et un bar y attendait l'arrivée des invités. Tout était prêt pour le déjeuner de mariage de Mr Wilkins et de lady Marjorie Merrith, qui étaient en cet instant occupés à échanger leurs vœux nuptiaux en présence de leurs proches au Caxton Hall de Westminster.

La première invitée s'aventura dans la salle Iolanthe et de là dans la pièce voisine, où elle refusa un cocktail que s'empressaient de lui offrir plusieurs serveurs mais se jeta avec un robuste appétit sur les amandes salées et les pommes chips. Il s'agissait d'Eugenia, qui avait faussé compagnie à LPVC, pris le premier train pour Londres, où elle avait gagné l'Union Jack House et passé une matinée de rêve avec les camarades de la branche londonienne. Ses yeux brillaient encore d'excitation au souvenir de l'accueil qui lui avait été réservé. Le Capitaine en personne lui avait accordé une interview, l'avait chaudement remerciée pour tout le travail accompli en faveur du Mouvement et, pour couronner le tout, en témoignage de gratitude, avait arraché, comme le pélican, son propre insigne de sa poitrine et l'avait épinglé, encore chaud, sur la sienne. Quand elle avait quitté le grand homme, des larmes d'émotion plein les yeux, les camarades s'étaient pressés autour d'elle et l'avaient priée de narrer ses impressions personnelles sur l'homérique bataille de Chalford Park. Ils l'avaient ensuite congratulée, applaudie, lui avaient offert des saucisses dans des petits pains et des barres à deux pence, promettant tous de venir très bientôt rendre visite à la branche de Chalford.

Encore vêtue de sa tenue de l'Union Jackshirt, avec sa vieille jupe de lainage gris, sa ceinture et son poignard, jambes et tête nues, Eugenia offrait une vision plutôt incongrue dans le décor sophistiqué du grand hôtel. Les serveurs la contemplaient d'un air ébahi et elle leur rendait leurs regards sans l'once d'une gêne ; elle n'éprouvait en aucune manière la nervosité que beaucoup de jeunes filles auraient pu ressentir en arrivant pour la première fois à Londres.

C'est alors que Mrs Lace fit son entrée, en tenue d'amazone digne d'une impératrice veuve. Elle n'avait pas pu assister à la cérémonie du mariage, ayant passé la matinée à parcourir frénétiquement les magasins. Eugenia l'avait déjà vue plus tôt dans la journée, elles étaient arrivées de Rackenbridge par le même train, les Lace voyageant en première classe et Eugenia en troisième.

« Oh, comment allez-vous ? » dit Mrs Lace. Pour la énième fois elle détailla la façon dont était fagotée

Eugenia avec un dégoût mêlé de satisfaction, un sentiment de dégoût à la pensée qu'une personne aussi riche puisse faire si mauvais usage de son argent, de satisfaction en songeant qu'Eugenia n'égalerait jamais sa réputation de femme la mieux habillée des Cotswolds. Eugenia, qui ne pouvait pas comprendre la signification du regard posé sur elle, conclut qu'Anne-Marie paraissait ce jour-là plus revêche que d'habitude. Bientôt, rassemblant sa traîne de velours, Anne-Marie sautilla jusqu'à un miroir, devant lequel elle arrangea son renard argenté pour le mettre en valeur et le piqua de deux gardénias qu'elle sortit d'un sachet de papier blanc. Elle se contempla en penchant la tête de côté, faisant la moue comme si elle allait se mettre à siffler, puis revint près d'Eugenia, qui plongeait une main gourmande dans une corbeille de fruits confits.

« Il fait froid, ne trouvez-vous pas ? » demanda Mrs Lace avec son accent étranger. En réalité, elle se sentait engoncée dans son velours noir, sa fourrure et ses plumes, il faisait particulièrement chaud pour la fin septembre, et elle commençait à se demander si elle ne portait pas une tenue peu inappropriée pour la saison. « Il fait froid, n'est-ce pas ?

— Non, répondit Eugenia, la bouche pleine.

— Ces journées de septembre sont toujours trompeuses, elles donnent l'impression qu'il fait chaud, mais il faut être très prudent, *le fond de l'air est cru**.

— Il fait une chaleur torride aujourd'hui, dit Eugenia avec mépris. De toute façon, je ne comprends pas ce que signifient ces mots étrangers. Sous le régime les gens parleront anglais ou ils se tairont.

— Ma chère enfant, vous êtes tout à fait ridicule. Régime est un mot français, vous savez.

— Oh non, pas du tout, répliqua Eugenia, il a été anglicisé il y a longtemps par les camarades. »

Jasper et Noel entrèrent à ce moment précis. Jasper sauta au cou d'Eugenia. « Vous ne pouvez savoir à quel point je suis heureux de vous voir, mon chou, s'écria-t-il. J'ai cru que vous n'arriveriez jamais.

— Moi aussi, dit Eugenia. Heureusement LPVC est alitée et ne s'apercevra de rien, à moins que cette vieille traîtresse pacifiste de Nanny ne le lui dise. Je suis allée à cheval jusqu'à la gare et j'ai dû laisser Vivian Jackson attaché là-bas pour la journée, le pauvre ange.

— Bon, et qu'avez-vous fait depuis notre départ ?

— Oh, pas grand-chose, la vie a été plutôt monotone là-bas – vous avez entendu dire que nous avons ramassé cent quatre-vingt-six livres pour le Mouvement, je pense ? Mais la journée d'aujourd'hui a été parfaite. J'ai pu empêcher une famille non aryenne de monter dans mon compartiment à Oxford en leur montrant mon petit insigne et en brandissant mon poignard sous leur nez, et je ne saurais vous dire la matinée que j'ai passée avec les camarades à la maison de l'Union Jack – oh les amis !

— Venez dans la pièce à côté nous raconter tout ça », dit Jasper malicieusement, laissant Noel en tête à tête avec Mrs Lace.

Noel se demandait maintenant s'il avait jamais été réellement amoureux d'elle. Les bonnes manières, cependant, exigeaient qu'il entretienne la fiction, aussi lui baisa-t-il la main, puis il la regarda avec passion au fond des yeux et murmura qu'il était heureux de se retrouver avec elle.

« *Moi aussi je suis contente** », dit Mrs Lace d'un air abattu. Elle se disait que son velours noir, s'il était trop chaud pour l'occasion, lui donnait une apparence romantique. « Comment vont les choses pour vous, *mon cher** ? » Elle avait été privée de sa grande scène de renonciation à Chalford, peut-être pourrait-elle la jouer enfin ici.

« Je suis un peu inquiet », répondit Noel, saisissant chaque opportunité de parler de lui. Les autres ne tarderaient sans doute pas à arriver et, jusque-là, la conversation devait rester sur un terrain neutre. Il maudit Jasper de les avoir laissés seuls, preuve évidente de sa malveillance. « J'ai des doutes à présent sur mes chances d'obtenir cette situation à Vienne dont je vous ai parlé. Mon oncle, qui a de l'influence sur place, fait tout pour me favoriser, et le général von Pittshelm, un vieil ami de mes parents, tire certaines ficelles. J'ai malgré tout peu d'espoir – les obstacles sont si nombreux. »

À ces mots, Mrs Lace se félicita que les choses n'aient pas été plus loin entre Noel et elle. Elle avait fini par se persuader, durant les calmes et monotones semaines qui avaient suivi le spectacle, que l'héritier désargenté d'un trône, sur lequel il était peu probable de le voir jamais s'asseoir, serait un pauvre substitut aux substantiels conforts de la maison Lace, même s'il pouvait lui procurer un agréable intermède romantique pour égayer un été soporifique. Il était de son intérêt de se montrer discrète.

« Vous n'êtes pas venu me dire au revoir, se plaignit-elle

— Chérie, ce n'était pas possible. Si vous saviez...

— Je crois savoir. Nous devons donc nous dire adieu ici, je suppose. En public. C'est cruel.

— Mais je reviendrai à Chalford très bientôt, vous savez.

— Ce ne sera jamais plus pareil. Mon mari... il est vaguement au courant de notre idylle et soupçonne davantage. J'ai traversé des moments très difficiles depuis votre départ.

— Vraiment ? Est-il... va-t-il... je veux dire, il n'a rien qu'il puisse utiliser contre nous, n'est-ce pas ?

— Mon mari, se récria Mrs Lace d'un ton grandiloquent, me pardonnera tout. C'est un noble caractère et il m'aime à la folie.

— Béni soit-il, dit Noel. Enfin... vous savez, ma chérie, que j'aimerais par-dessus tout vous emmener loin de Chalford, mais ce n'est pas possible dans ma condition. Je suis beaucoup trop pauvre. En outre, je n'aurais jamais pu vous enlever à vos enfants. Leur souvenir aurait fini par se dresser entre nous. Néanmoins je vous aimerai toujours, vous serez à jamais l'amour de ma vie.

— Et vous, de la mienne. »

Elle lui coula un de ses regards de biais qu'elle croyait irrésistible et, comme le jour où il était arrivé à Chalford, ne lui trouva plus rien de romantique. Il ressemble plus à un agent de change qu'à un roi, se dit-elle.

« Si jamais vous avez l'occasion de vous rendre à Vienne, lui disait-il maintenant, venez me rendre visite, nous ferons la tournée des boîtes de nuit ensemble, s'il en existe, bien qu'on m'ait dit que la ville a perdu de sa gaieté aujourd'hui. Un de mes amis qui en revient m'a annoncé qu'il partait au Pays de Galles en quête d'aventures amoureuses – je présume qu'il a lu Caradoc Evans[1].

« Ah, s'écria-t-il, soulagé, voilà les autres, enfin ! »

On entendait dans le couloir s'approcher le bruit d'une conversation animée. Mrs Lace se posta près de la fenêtre, tortillant son renard. Elle écarquilla les yeux, arborant une expression de mélancolie romantique.

La porte s'ouvrit d'un coup. Une lady Marjorie rayonnante, ravissante en crêpe de chine blanc sous un immense chapeau noir, apparut main dans la main au côté de Mr Wilkins. Elle était la figure même du bonheur. Mr Wilkins était pareil à lui-même malgré son élégant costume gris, un œillet rouge à la boutonnière. À leur suite venaient lady Fitzpuglington, escortée d'un politicien célèbre et suivie d'une troupe de jeunes femmes et de jeunes gens élégants et brillants, parmi lesquels figurait Poppy St Julien.

Lady Fitzpuglington, vu ce que devaient être ses sentiments à ce sujet, s'était parfaitement comportée avec Marjorie concernant ce mariage. Après avoir fait trois scènes apocalyptiques et constaté que rien de ce qu'elle pourrait dire n'altérerait la détermination de la jeune femme, elle avait cédé de bonne grâce, stipulant seulement que la cérémonie du mariage se déroulerait dans la plus stricte intimité, afin d'épargner dans la mesure du possible les sentiments du duc de Dartford.

1. Écrivain gallois (1878-1945) célèbre au début du vingtième siècle. (*N.d.T.*)

« On n'y peut rien, avait-elle dit à son frère. Marjorie est adulte et follement amoureuse, donc rien de ce que je pourrai dire ou faire ne l'arrêtera. Nous devons faire contre mauvaise fortune bon cœur et nous réjouir que le divorce soit une affaire aussi facile de nos jours. Le pauvre Mr Wilkins, naturellement, n'a aucune envie de l'épouser, mais les choses sont ainsi, pauvre homme. Maintenant si Puggie m'avait écoutée et l'avait gardée sous tutelle jusqu'à quarante ans, les choses auraient été différentes. Nous aurions eu un moyen de pression sur cette petite idiote. »

Son frère ne répondit pas. Il se dit que le malheureux Fitzpuglington, alors qu'il flottait dans l'Atlantique, cadavre vieux de six mois quand sa fille était née, pouvait être excusé de ne pas avoir su l'armer contre sa passion pour Mr Wilkins. Lady Fitzpuglington avait la réputation dans la famille de faire volontiers endosser par les autres ses propres responsabilités.

Mrs Lace remarqua que les invitées ne s'inclinaient pas devant Noel – même son hôtesse ne l'avait pas salué. Elle s'en étonna. À Londres, il ne cherchait pourtant pas à rester incognito. Elle fut également marrie de voir que les autres jeunes femmes présentes étaient en tout point aussi jolies qu'elle, bien que leurs toilettes lui parussent d'une grande banalité. Elles étaient toutes vêtues très simplement, de petits tailleurs ou de robes de crêpe de Chine sous de minces vestes de lainage. Or elle-même n'avait de goût que pour l'extravagance en matière de vêtement. Elle eût préféré toutefois avoir choisi quelque chose d'un peu moins chaud, elle suffoquait dans sa tenue d'amazone.

« Dites-moi, chérie, murmura une des jolies dames à l'oreille de Marjorie, est-ce une diseuse de bonne aventure qui se tient près de la fenêtre ? Et qui est cette adorable jeune fille nu tête et à l'air dérangé ? »

Le major Lace entra dans la pièce. Il avait été le témoin de son ami et venait de quitter le bureau de l'état civil. Pour une fois dans sa vie, Mrs Lace fut heureuse de voir son mari. Au milieu de cette vaste et joyeuse foule, personne ne lui prêtait attention. Il lui semblait presque qu'elle serait contente de se retrouver à Chalford, où elle régnait incontestablement.

« Allez-vous épouser Union Jackshirt Aspect ? demanda Eugenia à Poppy.

— Oui, ma chérie, certainement, n'est-ce pas merveilleux ? Mon mari a fait quelques difficultés au début, mais il se conduit très correctement à présent et je pense qu'avec un peu de chance il devrait m'accorder le divorce.

— Pourquoi ? demanda Eugenia.

— Eh bien, vous savez, il n'est pas habituel d'être divorcée pour une dame, et le cher homme a toujours été très respectueux de l'étiquette. Ces deux détectives n'avaient rien à voir avec lui, ils étaient simplement en vacances, nous l'avons découvert après coup. C'est plutôt drôle, quand on y réfléchit. Viendrez-vous à mon mariage, Eugenia ?

— Sûrement, et nous aurons une garde d'honneur social-unioniste, si vous le désirez. J'espère que vous serez très heureuse, cousine Poppy St Julien, et que vous continuerez à œuvrer pour la Cause après votre mariage. »

Au déjeuner Jasper et Noel s'assirent de chaque côté de Mrs Lace.

« Au fait, mon vieux, dit Jasper à Noel en se penchant devant elle, je ne veux plus de ta place à présent. Poppy et moi avons tiré quarante mille livres de la tiare, tu sais, et je pense me présenter à la députation ou quelque chose de ce genre dès que le divorce aura été prononcé. J'ai pensé que si ton affaire viennoise ne se matérialise pas comme tu l'espères, peut-être aimerais-tu retourner chez Fruel. Sir Percy semble très désireux de te reprendre. Je l'ai vu hier pour quelques investissements que je suis en train de faire.

— Trop aimable à toi », dit Noel.

Les soupçons, les vagues doutes qui s'accumulaient depuis longtemps dans l'esprit de Mrs Lace se virent ainsi brutalement confirmés. Pourtant elle refusa de laisser son cerveau en absorber la pleine signification avant d'être installée dans son compartiment de première classe, seule avec le major Lace. Puis elle pleura à chaudes larmes. Le major Lace supposa qu'elle était à nouveau enceinte. Elle l'était.

Plus tard, Jasper dit à Noel : « Était-ce un manque de tact de ma part d'avoir ainsi fait allusion à Fruel ? Je me suis rendu compte, trop tard, que tu te sentirais peut-être plus tranquille si elle te croyait à l'étranger ?

— J'ai l'impression qu'elle est aussi désireuse que moi de mettre fin à toute cette histoire. Les femmes sont vraiment bizarres.

— Peut-être a-t-elle découvert quelque chose en ta défaveur.

— Cela m'étonnerait, dit Noel, d'humeur maussade.

— Elle en a peut-être assez de toi ?

— Sûrement pas. Cette femme est follement amoureuse de moi, follement, mais le mari l'a mal pris, et naturellement elle ne peut envisager de quitter ses enfants.

— C'est sans doute un grand soulagement pour toi, vieux frère. »

Après le déjeuner, le plus âgé des politiciens fit un discours en l'honneur de la mariée et du marié. Un long discours émaillé de piètres plaisanteries, distribuées çà et là comme des friandises. Lady Marjorie lui répondit, car Mr Wilkins était trop timide. Elle dit qu'il était particulièrement généreux de leur part à tous de lui faire autant de superbes cadeaux de mariage si tôt après qu'elle eut rendu les premiers. Les seconds étaient encore plus beaux. Elle était folle de bonheur, lança-t-elle sans réfléchir, ce qui était visible aux yeux de tous. Elle espérait qu'ils viendraient à sa pendaison de crémaillère lorsque Mr Wilkins et elle seraient de retour de leur voyage de noces et installés à Carlton House Terrace, où elle avait acheté une maison. « Vous pourrez tous rester, si vous voulez, ajouta-t-elle, nous avons une quantité de chambres d'amis. »

« Parfait, dit Jasper, "je couche où je dîne" a toujours été une de mes devises favorites. »

On fit appel à Eugenia sur ces entrefaites, et elle se leva d'un bond sans une hésitation, au milieu d'un tonnerre d'acclamations. Elle déclara que tout le monde ne pouvait que se réjouir des somptueux cadeaux de mariage offerts à une personne aussi divine que lady Marjorie, ou à un brave Union Jackshirt tel que Mr Wilkins. Elle ajouta que les accompagnaient en voyage de noces mille souhaits de bonheur de sa part et de celles des membres de la branche de Chalford. En ce qui concernait les chambres d'amis, ajouta-t-elle, elle espérait qu'elles seraient bientôt toutes occupées par de beaux petits bébés aryens. L'assistance se leva à sa demande et se mit à chanter :

Patrie des Union Jackshirt,
Mère du drapeau.

Deux jours plus tard Noel était de retour dans les bureaux de Fruel and Whitehead. Miss Brisket, miss Clumps et Mr Farmer occupaient leurs places habituelles. Noel venait de mettre fin à une longue conversation téléphonique. « Non, je regrette, disait-il d'un ton ferme et définitif, pas assez séduisante. »

Réalisation : Nord-Compo à Villeneuve-d'Ascq
Impression : CPI Firmin-Didot à Mesnil-sur-l'Estrée
Dépôt légal : janvier 2011. N° 2081-3 (104323)
Imprimé en France